U0595276

谁是你的影子

石凯辉 编著

shuishinide

yingzi

普通人的生活小事，教会我们做人做事的基本道理

名人的励志故事，告诉我们如何选择，如何坚持自己

重磅推出　这是适合全民阅读的经典故事

倾心打造　总有一则故事会带给您惊喜和收获

敦煌文艺出版社

图书在版编目（CIP）数据

谁是你的影子 / 石凯辉编著. -- 兰州 ：敦煌文艺出版社，2015. 11
（全民阅读中国好故事. 让明天更美好）
ISBN 978-7-5468-1106-2

Ⅰ. ①谁… Ⅱ. ①石… Ⅲ. ①故事—作品集—中国—当代 Ⅳ. ①I247. 8

中国版本图书馆CIP数据核字（2015）第298427号

谁是你的影子

全民阅读中国好故事·让明天更美好

石凯辉　编著
出 版 人：吉西平
责任编辑：张国强
装帧设计：石　璞　蔡志文

敦煌文艺出版社出版、发行
本社地址：（730030）兰州市城关区读者大道568号
本社邮箱：dunhuangwenyi1958@163.com
本社博客（新浪）：http://blog.sina.com.cn/lujiangsenlin
本社微博（新浪）：http://weibo.com/1614982974
0931-8773084(编辑部)　　　　0931-8773235(发行部)

北京兴星伟业印刷有限公司
开本 787 毫米×1092 毫米　1/16　印张 8　字数 100 千
2016 年 4 月第 1 版　2016 年 4 月第 1 次印刷
印数：1~3 000

ISBN　978-7-5468-1106-2
定价：28. 00 元

　　党的十八大报告明确提出，要开展全民阅读活动。中央政府工作报告也指出，要提供更多优秀文艺作品，倡导全民阅读，建设书香社会。

　　李克强总理在答记者问时说："我们国家全民的阅读量能够逐年增加，这也是我们社会进步、文明程度提高的十分重要的标志。而且把阅读作为一种生活方式，把它与工作方式相结合，不仅会增加发展的创新力量，而且会增强社会的道德力量。人们不仅在追求物质财富的增加，而且希望有更丰富的精神生活。"

　　因此，党和政府十分重视全民阅读问题。既然是全民阅读，就要满足全民阅读兴趣，要是阅读盛宴，是让广大人民群众都能充分享用的大餐。那么选择阅读大众化故事，就是全民盛宴最好美味。

　　故事是文学体裁的一种，比较侧重于事件过程的描述，强调情节的生动性和连贯性，较适于讲述，十分具有阅读性和娱乐性，更具有深入浅出的启发性，是广大人民群众喜闻乐见的最佳读物。

　　故事其实就是我们对自身历史的一种记忆行为，人们通过多种故事形式，记忆和传播着一定社会文化传统和价值观念，饱含丰富寓意，潜移默化地引导着社会道德和性格的形成，具有特殊的作用。

　　我们中华民族有着悠久的文明历史，也有灿烂的文化艺术，更有智慧非凡的人民群众。自古以来，就留下了许多脍炙人口的美好故事，承载了丰富的文化内涵，彰显着中华民族的民族精神和传统美德，浓缩了中国大众做人做事的智慧。这些美好故事，是我们民族的基因，曾经哺育着我们一代代中华儿女茁壮成长，使我们五千年文明绵延不绝，使我们自立于世界民族之林。

如今，我们国家正处在改革开放和经济发展的升级转型时期，面对世界各国形形色色的文化现象，如何加强思考，吸取精华，创造具有中国特色的民族文化和美好故事呢？

特别是随着世界多极化、经济全球化的深入发展，以及文化多样化、社会信息化的持续推进，我们广大人民群众在与世界各国跨文化交流中如何塑造形象、传递信息、表达价值，寻求共识与自我意识、语言学习与文化自信等，用世界各国人民能够理解的方式说出我们中国人的特征，那么，中国故事就是最佳的表达方式。

因此，在《人民日报》海外版创刊30周年时，习近平总书记曾作出重要批示，强调要用海外读者乐于接受的方式、易于理解的语言，讲述好中国故事，传播好中国声音。

同时，我们要展望世界，理解世界，与各国人民增进交往，通过阅读各国故事，博采众长，为我所用，也是最佳的理解交流方式。为此，我们收集整理了大量古今中外的经典故事，特别编撰了本套丛书。每册故事内容相辅相成，优化配套组合，自成体系，又相互补充，组成了中国好故事的完美体系，具有很强的系统性、可读性和启迪性。

这些中外最具有智慧性的美好故事，短小精悍，意蕴隽永，充满了睿智的哲理，最容易使广大读者阅读，也最能打动心灵。一粒沙子蕴含一个世界，一滴露珠足以反映太阳光辉，一则小故事饱含世间大道理，这就是每一篇故事的魅力。从这些最感动心灵的小故事里，广大读者可以吸取心灵智慧之光，并碰出生命的火花，化渺小为伟大，化平凡为神奇，从而获得伟大的精神感召，融入进永不停止的人生追求。

目录

最优秀的人是你自己

古希腊的大哲学家苏格拉底在临终前有一个遗憾，那就是他多年的得力助手，居然在半年多的时间里没能给他寻找到一个最优秀的闭门弟子。

苏格拉底在风烛残年之际，知道自己时日不多了，就想考验和点化一下他的那位平时看起来很不错的助手。他把助手叫到床前说："我的蜡所剩不多了，得找另一根蜡接着点下去，你明白我的意思吗？"

"明白，"那位助手赶忙说，"您的思想光辉是得很好地传承下去……"

"可是，"苏格拉底慢悠悠地说，"我需要一位最优秀的承传者，他不但要有相当的智慧，还必须有充分的信心和非凡的勇气……这样的人选直到目前我还未见到，你帮我寻找和发掘一位好吗？"

"好的、好的。"助手很温顺很尊重地说，"我一定竭尽全力地去寻找，以不辜负您的栽培和信任。"

苏格拉底笑了笑，没再说什么。那位忠诚而勤奋的助手，不辞辛劳地通过各种渠道开始四处寻找了。可他领来一位又一位，总被苏格拉底一一婉言谢绝了。

有一次，当那位助手再次无功而返地回到苏格拉底病床前时，

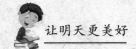

病入膏肓的苏格拉底硬撑着坐起来，抚着那位助手的肩膀说："真是辛苦你了，不过，你找来的那些人，其实还不如你……"

"我一定加倍努力，"助手言辞恳切地说，"找遍城乡各地、找遍五湖四海，我也要把最优秀的人选挖掘出来、举荐给您。"

苏格拉底笑笑，不再说话。半年之后，苏格拉底眼看就要告别人世，最优秀的人选还是没有眉目。助手非常惭愧，泪流满面地坐在病床边，语气沉重地说："我真对不起您，令您失望了！"

"失望的是我，对不起的却是你自己。"苏格拉底说到这里，很失意地闭上眼睛，停顿了许久，才又不无哀怨地说："本来，最优秀的就是你自己，只是你不敢相信自己，才把自己给忽略、给耽误、给丢失了……其实，每个人都是最优秀的，差别就在于如何认识自己、如何发掘和重用自己……"

话没说完，一代哲人就永远离开了他曾经深切关注着的这个世界。那位助手非常后悔，甚至后悔、自责了整个后半生。

为了不重蹈那位助手的覆辙，每个向往成功、不甘沉沦者，都应该牢记先哲的这句至理名言："最优秀的就是你自己！"

给自己的生命配乐

有时候走在街上，总想哼一种调子。不管是什么调子，也不管跑调不跑调，就是很随便地哼，很投入地哼，哼着哼着，就发现原来那调子一直是和自己的脚步合拍的。哼着哼着，也就发现那调子原来也和自己的心跳声是合着拍的。

其实慢慢地发现，我们有时在干活的时候，有时在沉思的时候，有时在痛苦的时候，有时在快活的时候，总会有意无意地哼一哼。哼一种老调或者哼一种新调或者就顺着我们的心跳哼一种不是调的调，那调要是让别人听了实在是难听极了，而我们那时觉得是那么动听。

那是真的动听，是全身感到舒畅的动听。那一刻就觉得天底下没有什么比那种调子更让人觉得动听的了。而且我还发现一个人不管是烦恼的时候也好痛苦的时候也好，只要一哼起一种属于自己的调子，就会慢慢地变得开朗，眼前的路也就开阔起来。

我曾经好多次见过父亲一个人一边干着活，一边随意地哼着。父亲是木工，他一般戴着一顶很破的帽子，帽檐朝一边歪着，在帽子下面插着一支铅笔，他一边挥动凿子凿着木头，一边哼着调子。他在阳光下的影子显得十分生动。

父亲的调子是那种很粗放的调子。

我也曾经多次见过母亲一边收拾着家一边哼着，母亲哼得很细

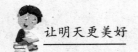

很细，被人听到了她就会不自然地笑笑。等人走了她就又开始哼了。

其实那时我们的家很困难的，父亲和母亲身上的担子也很重。可他们却会不时地哼出他们心底的旋律来，父亲和母亲都是这个世界上很一般的人，但在他们一边干活一边哼歌的时候，我觉得他们很美很美。他们是在从心底灿烂他们的人生，他们是在用心歌唱他们所正在过着的生活。

很多年后，我一想到小时候见到的父亲和母亲一边哼着歌一边干活的情景，就忍不住在心中感动不已。

很难想象一个能够很随意地从心底哼出歌的人会不热爱生活，会厌倦人世。

记得很小时候，天黑的时候一个人要从一个很远的地方回家，因为路远，而且还要经过一块坟地，所以就很害怕。总感觉有什么东西就跟在自己的后面，于是在心里一遍一遍地说我是大人，好像是要告诉谁似的。

但这一招并不起作用，因为自己的心里很清楚并不是一个大人。就哼起了歌，哼得很响，在黑夜的旷野里就只能听到自己的歌了。那一刻似乎自己真的大了。那段路也在不知不觉中走完了。

在走那段路的时候，哼歌让我给自己创造了自信。使我从容地走过了一段本来应该很艰难的路。

我就想父亲和母亲在哼歌的时候是不是也在为自己创造自信呢？在繁杂的生活面前他们肯定也会感到压力和沉重。但哼着哼着，那些东西就显得很轻很轻了。我曾经问过他们，母亲没说话只是笑着，而父亲则是在沉思什么的样子，他们要回答的一切就在他

们的笑容里和沉思着的眸子里了。

生活就是这样，父亲和母亲用他们心中的旋律使沉重的生活变得轻快起来了，倘若他整日愁眉苦脸，很难想象我们当时的生活会是什么样子。

生活有时是一场大型交响乐，但生活有时又是很单纯的二胡独奏；生活有时是激越的，但大多数时间则是小河一样静静地流着。谁想让生活永远澎湃着激情那是不可能的也是不现实的。而流动着的生活更能让人品出生活的真味，也更能让人陶醉其中。

乐于给自己的生命配乐，起码说明我们还是很看重我们的生命，说明我们的生命还有值得我们为此而干下去的东西。我们也就会活得有滋有味。

而给自己的生命配了乐，我们的生命本身也就有了色彩，有了旋律，有了让我们走下去的信心和勇气。

梦想与现实的差别

那是在玛丽12岁的时候，迷恋上了学校对面精品店里的一把小提琴。那把小提琴是银灰色的，有一尺多长，显得很精致很漂亮。它挂在对着门的墙上，在红色灯光的照耀下，散发着一种珠光宝气，竟有些梦幻的色彩，看上去分外美丽。每天放学，玛丽都要抬起头看看它。

可她的口袋里只有10美元，10美元，我想无论如何都是买不起那把小提琴的。父亲看出了女儿眼中的渴望，说："等你上了中学，就买给你。"玛丽很高兴，很快地她上了中学。

但是父亲没有实现他的诺言。失诺的父亲说："等你长大一些再买吧，那时你就会拉了，比方说，到高中时候。"

玛丽没吭声，只是在心里呼唤她的小提琴。她想自己要有很多钱该多好啊！她幻想着自己抱着小提琴在山野里临风而坐，陶醉地拉着动听的曲子，那该是多么美妙的情景啊！

中学里年少无知的岁月，就是这个梦想，伴着她度过的。

上了高中，玛丽以为梦可以实现了。可父亲却对她说："高中时代是人这一生中非常重要的阶段，一定要把握好，不能贪玩。"

玛丽依旧无言。可心却揪得紧紧的，仿佛有一条打结的布捻子来回抽动一样，隐隐作痛。

有时放学，玛丽总会情不自禁地在精品店门前站立很久，傻傻发呆。店的老板换了，可那把小提琴没变，依旧静静地挂在那里，保持那安详的姿势。

那把时常出现在梦中的小提琴啊！后来，玛丽上了大学。

父亲说："现在你是成年人了，有些梦想可以尝试着自己去实现。比如那把小提琴，凭你自己的能力，你完全可以得到它。"

玛丽还是不说话，只吃力地点点头。

大一那年的上学期，她得了500美元的奖学金。当别人正计划着买华丽的衣服时，玛丽却小心翼翼地问父亲："可以了吗？"

"可以了。"他爽快地回答。

"你可以和我一起去吗？"

"可以。"

于是，玛丽和父亲第一次进入那家精品店。

玛丽的心怦怦跳个不停，腿也颤起来，像第一次站在讲台一样，有激动，有惊喜，还有些害怕。

父亲说："我们要那把小提琴。"

老板随手把它取了下来。

"多少钱啊？"玛丽问。

"10美元。"

"多少？"玛丽有些不相信，怕听错了，便又惊愕地问了一声。

"10美元。"老板说，"这是一把玩具，一直没人买。"

刹那间，玛丽呆在了那里。脑海里仿佛有一股决堤的潮水涌来，剧烈而有力，玛丽突然眩晕了。

玛丽迅速地转过头，泪水再也忍不住地流了下来。

穷人最缺少的是什么

有一位年轻的法国人，他贫穷困苦。后来，他以推销装饰肖像画起家，在不到十年的时间里，迅速跻身于法国50大富翁之列，成为一位年轻的媒体大亨。不幸，他因患上前列腺癌，不久就去世了。他去世后，法国的一份报纸刊登了他的一份遗嘱。

在这份遗嘱里，他说：我曾经是一位穷人，在以一个富人的身份跨入天堂的门槛之前，我把自己成为富人的秘诀留下，谁若能通过回答"穷人最缺少的是什么"而猜中我成为富人的秘诀，他将能得到我的祝贺，我留在银行私人保险箱内的100万法郎，将作为睿智地揭开贫穷之谜的人的奖金，也是我在天堂给予他的欢呼与掌声。

遗嘱刊出之后，有18461个人寄来了自己的答案。这些答案，五花八门，应有尽有。绝大部分的人认为，穷人最缺少的当然是金钱了，有了钱就不会再是穷人了。

另有一部分人认为，穷人之所以穷，最缺少的是机会，穷人之穷是穷在背时上面。又有一部分认为，穷人最缺少的是技能，一无所长所以才穷，有一技之长才能迅速致富。还有的人说，穷人最缺少的是帮助和关爱，是漂亮，是名牌衣服，是总统的职位等。

在这位富翁逝世周年纪念日，他的律师和代理人在公证部门的监督下，打开了银行内的私人保险箱，公开了他致富的秘诀，他认

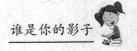

为：穷人最缺少的是成为富人的野心。

在所有答案中，有一位年仅9岁的女孩猜对了。为什么只有这位9岁的女孩想到穷人最缺少的是野心呢？她在接受100万法郎的颁奖时，说："每次，我姐姐把她11岁的男朋友带回家时，总是警告我说不要有野心！不要有野心！于是我想，也许野心可以让人得到自己想得到的东西。"

谜底揭开之后，震动法国，并波及英美。一些新贵、富翁在就此话题谈论时，均毫不掩饰地承认：野心是永恒的"治穷"特效药，是所有奇迹的萌发点，穷人之所以穷，大多是因为他们有一种无可救药的弱点，也就是缺乏致富的野心。

战胜厄运的小男孩

美国作家奥格·曼狄诺曾经极力赞扬一位年仅9岁的小男孩埃伦坡，这是因为埃伦坡虽然年幼，可是他与厄运搏斗的精神和勇气却使很多人都自愧不如。

男孩埃伦坡在从学校回家的途中玩耍，正蹦蹦跳跳的他被一块小石块绊了一下，他摔了一跤，就像平常有几次摔跤一样，只是蹭破了一点儿皮，埃伦坡没有在意，继续往家里走。

吃完晚饭，埃伦坡感到白天蹭破皮的膝盖处疼得很厉害，可是他仍然没有理会，"也许明天就会好的"。这天晚上他没有出去和兄弟们玩，只是一个人在卧室里玩了一会儿玩具就去睡觉了。

一觉醒来之后，腿上剧烈的疼痛感不但没有消失反而加剧了，埃伦坡感到这种疼痛感已经蔓延到了膝盖周围的一大圈地方。可是他仍然没有吱声，吃完早饭便和兄弟们一起离开家去学校了。

这天放学回来的路上，埃伦坡的腿已经明显地红肿。他尽力忍着疼痛，尽量像平常一样走路。就这样他一路坚持着回到了家中。回到家时，妈妈感到埃伦坡有些异样，问他是怎么回事，可是埃伦坡坚持说自己没事。

第三天早上起床之后，埃伦坡感到他的腿疼痛极了，他发现自己的整条腿都肿了起来，而且连另一只脚也肿得不成样子了，他根本就无法穿上鞋。当埃伦坡光着脚下楼吃饭的时候，妈妈终于发现

了他腿上的问题。

　　看到埃伦坡的腿已经成了这个样子，爸爸妈妈都很害怕，更让他们害怕的是，由于伤口发炎，埃伦坡已经出现了十分明显的高烧症状。当爸爸叫来医生的时候，母亲正在为他包扎伤口。

　　医生来了，看到埃伦坡一家人着急的模样，安慰他们说："不要紧的。"可是当他认真地检查过埃伦坡的那条腿时，他脸上的表情开始变得十分严肃。

　　他告诉埃伦坡的父母："如果不锯掉这条腿的话，那么高烧就很难退，甚至会威胁到孩子的生命。"父母被这个消息惊呆了，他们不相信由于一次小小的摔伤，儿子就要被锯掉一条腿。可是医生告诉他们这并不是开玩笑。

　　当父母把医生的建议告诉埃伦坡时，他尖叫着："不！如果失去一条腿的话，我还不如去死！"医生告诉父母必须早做决定，否则孩子就会有生命危险。

　　埃伦坡一次又一次地大叫着，不让锯掉他的腿，并且还告诉他的哥哥埃德："你一定要保护我，不要让他们锯我的腿，等我神志不清时你必须保护我，哥哥，请你保证！"

　　埃德答应弟弟一定会保护他的，于是埃德就站在卧室门口警惕地看着医生和父母。埃德承诺的事就一定会做到，他一直守着弟弟，不让医生锯掉那条腿。

　　已经过去两天两夜了，埃伦坡早就神志不清并且开始说胡话，体温越来越高。医生告诉埃德："你这是在害他。"可是埃德根本就听不进去。全家人也没有其他办法，只是不停地祷告，希望能够看到奇迹的出现。

第三天清早，医生又来看望埃伦坡，他想告诉他们如果再不采取措施，这个孩子就真的要完蛋了。可是他看到的却是埃伦坡的腿开始消肿，高烧也正在退去。

医生感到吃惊极了，难道真的有上帝保佑？他给埃伦坡服了消炎和退烧的药，并且告诉家人要一直守在他身旁，如果有事情可以随时找他。

第四天晚饭之后，埃伦坡从昏迷中清醒过来了，他腿上的红肿也消退了。虽然身体疲惫，可是他的目光仍然像过去一样坚定。几周过后，埃伦坡站起来了。当他拿着篮球跑到医生那里时，医生忍不住和他一起在草地上奔跑了起来。

这时候你才算长大

人总是要生病的。躺在床上，不要说头疼，浑身的骨头疼痛，翻过来翻过去怎么躺都不舒服，连满嘴的牙都跟着一起疼；舌苔白厚；不思茶饭；没有胃口；高烧烧得天昏地暗；眼冒金星；满嘴燎泡；浑身没劲……你甚至觉得这样活着简直不如死去好。

这时你先想起的是母亲。你想起小时候生病，母亲的手掌一下下地摩挲着你滚烫的额头的光景，你浑身的不适，一切的病痛似乎都顺着那一下下地摩挲排走了。好像你那时不管生什么大病，也不曾像现在这样的难熬——因为有母亲在替你扛着病痛；不管你的病后来是怎么好的，你最后记住的不过是日日夜夜守护着你生命的母亲和母亲那双在你额头一下下摩挲着的长着老茧的手掌。

你也不由得想起母亲给你做过的那碗热汤面。以后，你长大了，有了出息，山珍海味已成了你餐桌的家常，你很少再想起那碗面。可是等到你重病在身，山珍海味形影相吊的时候，你觉得母亲自擀的那碗不过放了一把菠菜、一把豆芽，打了一个蛋花的热汤面，真是你这一辈子吃过的最美的美味。

于是你不自觉地向上仰起额头，似乎母亲的手掌即可会像你小时候那样，摩挲着你的额头；你费劲地赶往干涸，急需要浸润的喉咙里咽下一口难成气候的唾液，此时此刻你最想吃的，可不就是母亲做的那碗热汤面？可是母亲已经不在了。

你转而想念情人，盼望此时此刻他能将你搂在怀里，让他的温存和爱抚将你的病痛消解。他曾经那么爱你，当你什么也不缺，什么也不需要的时候，指天画地、海誓山盟、难舍难分，要星星不给你摘月亮。

可你真是病到无法再为他制造欢爱的时候，不要说是摘星星或月亮，即使设法为你换换口味也不曾。你当然舍不得让他为你做碗汤，可他爱了你半天总记得一个你特别爱吃，价钱又不贵的小菜，在满大街的饭馆里叫一个似乎也并不难，可是你的期盼落了空。

不要说一个小菜，就是为你烧壶白开水也如《天方夜谭》里的"芝麻开门"。

你想求其次：什么都不说了，打个电话也行。电话就在他身边，真正的不过举手之劳。可连个电话也没有，当初每天一个乃至几个，一打就是一个小时不止的电话可不就是一场梦？

最后你明白了你其实没人可以指望，你一旦明白这一点，反倒不再流泪，而是豁达一笑。于是你不再空想母亲的热汤面，也不再期待情人的怀抱，并且死心塌地地关闭了电话。你心闲气定地指望着被罩上太阳的影子从东往西渐渐的移动，在太阳的影子里，独自慢慢地消解着这份病痛。

你最终能够挣扎起来，摇摇晃晃地走到自来水龙头底下接杯凉水，喝得咕咚咕咚，味美竟如在五星级饭店喝矿泉水一样。你惊奇地注视着杯中的凉水，发现它一样可以解渴。

等你饿急了眼，还会在冰箱里搜出一块面包，没有果酱也没有黄油，照样狼吞虎咽把它硬吃下去。

当你默数过太阳的影子在被罩上从东向西移动了一遍又一遍的

时候，你扛过了这场病。于是你发现，一个人关在屋子里病，不但没有什么悲惨，相反感觉也许不错。

自此以后，你再也不怕面对自己上街、自己下馆子、自己乐、自己笑、自己哭、自己应付天塌地陷的难题……这时候你才尝到从必然王国飞跃到自由王国的乐趣，你会感到"天马行空，独往独来"比和另一个人什么都绑在一起更好。

这时候你才算真正地长大，虽然这一年你可能已经70岁了。

一个微笑的回馈

那是在20年前的美国，曾经发生过一个真实的故事。美国加州有一位6岁的小女孩，在一次偶然的机会中，遇上某个陌生的路人，陌生人一下子给了她4万美元的现款。

一个小女孩在突然间受到这么大金额的馈赠，消息一传出去，几乎整个加州为之疯狂骚动起来。

记者纷纷找上门来，访问这个小女孩："小妹妹，你在路上遇到的那位陌生人，你认识他吗？他是你的远房亲戚吗？他为什么会给你那么多的钱？4万美元啊，那是一笔很大的数字啊！那位给你钱的先生，他是不是脑筋有点问题……"

小女孩露出甜美的微笑回答："不，我不认识他，他也不是我的远房亲戚，我想……他脑筋应该也没有问题吧！为什么给我这么多钱，我也不知道啊……"尽管记者用尽一切方法追问，仍是完全无法一探究竟。

最后小女孩的邻居和家人，试着用小女孩熟知的方法来引导她，要她回想一下，为何这个路人会给她这么多钱。

这位小女孩努力地想了又想，约摸过了十来分钟，恍若有所悟地告诉她的父亲："就在那一天，我刚好在外面玩，路上碰到这个人，当时我记得对着他露出微笑，就只有这样呀！"

父亲接着问道："那么，对方有没有说什么话呢？"

　　小女孩想了想，答道："他好像说了句：'你天使般的微笑，化解了我多年的苦闷！'爸爸，什么是'苦闷'啊？"

　　原来这个路人是一个富豪，一个很不快乐的有钱人。他脸上的表情一直是非常冷酷而严肃的；整个小镇上，根本没有人敢对着他笑。而富豪突然遇到这个小女孩，小女孩对着他露出真诚的微笑，使得这位富豪心中不自觉地温暖了起来，甚至能够在当下将尘封不知多少年的紧闭心门打开。

　　于是，富豪决定给予小女孩4万美元，这是他对那时候他所拥有的那种感觉自己定出的价格。

　　如果一个天使般的微笑，足以打开心中纠缠多年的死结，这样的笑容应该是无价的。同时，它也会是化解困境最有效的方法之一……

尽力而为还不够

一位年轻人远行前，向村里的一位老人请教该注意什么。老人说："全力以赴吧。20年后，你再来找我。"

年轻人经历了许多挫折，但也干了一番令人侧目的事业。渐渐地，他似乎感到有些力不从心，算了算20年已满，便回到村里。

"老伯，我已经全力以赴了，以后我该怎样做呢？"已经步入中年的年轻人问。

"以后，你要尽力而为，10年后，你再回来找我。"

10年里，中年人的生活波澜不惊，但他还是回去了。

老人已到了弥留之际，而中年人的双鬓也已泛白。

"其实，这次我没有什么经验可以告诉你了。我只是想说说我的一生。在我还是个年轻人的时候，有人就告诉我要尽力而为，于是，我的前半生庸庸碌碌，一事无成。后来，又有人告诉我要全力以赴，于是，我遭受了许多挫败，我已经输不起了。我的一生很失败，于是，我想知道如果有一个人经历一下我所不曾经历的，他会不会幸福？现在，我知道了，他过得很好。谢谢你！"老人说完，便微笑着闭上了眼睛。

"不，我应该谢谢你！"中年人说。

人本来是很有潜能的，但是我们往往对自己或别人找借口："管它呢，我们已经尽力而为了。"事实上尽力而为是远远不够的，尤其是现在这个竞争激烈的年代，尤其是趁你还年轻的时候。

全力以赴的油箱总是让人不怕任何艰难，因为浑身都充满了干劲；尽力而为的油箱，在遇到很大的困难时，很容易知难而退，而事实上，成功往往只需要咬紧牙关再加一次油而已，请再加一盎司吧。

多年前，有一首流行歌曲叫《祝你平安》，里面有这样几句歌词："你的所得还那样少吗？你的付出还那样多吗？生活的路总有一些不平事，请你多一些开心少一些烦恼。"

《祝你平安》这首歌是为我们每个人的油箱加油的好曲。它告诉我们：生活与工作中，不要过多地计较个人的得失，而要以一种积极的心态去对待我们的生活与工作。

你也许有过这样的经历：尽力而为地努力工作，取得成绩后希望得到肯定和赏识，然而，由于种种原因，你并没有如愿以偿。这时，你应该如何克服内心里那重重的失落感呢？

这时，我们不会叫你想开些，而是想建议你，首先扪心自问一下："我的工作真的已经做得很到位很完美了吗？我真的已经全力以赴了吗？也许我还可以在已经完成的工作上再加上'一盎司'。"

我们也许应该明白，尽力而为地完成自己工作的人，最多只能算是一个称职的人。如果在工作中再多加上"一盎司"，你就可能成为优秀者，如果继续加上"一盎司"，你就可能从优秀者成为卓越者。

如此，就需要你从一个"尽力而为"的人成长为"全力以赴"的人。当你拥有全力以赴的油箱时，你到哪里都是一位受欢迎的

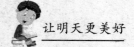

人，因为全力以赴的人会带动周围的人一起积极向上，把他们的油箱也加满了油。

任何一个组织都极其需要全力以赴的成员，任何一名全力以赴的员工都会备受现代企业所欢迎。那么，当你还是组织中的一员时，你就应该处处为组织着想，理解管理层的压力，抛开任何借口，全身心地投入。

全力以赴的人，是最懂得在工作中时刻都努力为自己再加"一盎司"的人，而他们也通过这种付出，锻炼到了超乎他自己想象的能力。同时也获得了超出自己期望的报酬。

你的油箱有多满？让我们全力以赴吧！用一种积极乐观的态度和行动去对待工作。也许全身心的投入有时候会辛苦，但最终我们品尝到成功的喜悦时，会让我们觉得，我们付出的一切都是非常值得的。

成功智者第十次问你："你的油箱有多满？"

平民子弟的生日

今天是你15岁的生日，但你并不怎么快乐。坐出租车时，你已经有点扫兴了，因为父母笨手笨脚的姿态，让司机一眼就看出他们不常打车。不少同学的家里都有小汽车了，而你的父母仍然骑着老式自行车，车把那儿有个铁丝筐，运一些白菜萝卜、油盐酱醋。此时躺在爸爸怀里的蛋糕盒，可能也是那种小破筐驮来的。

到了地方，你更加失望，原以为是一个豪华的所在，就像同桌小杰过生日时去过的星级酒店，谁知竟是如此普通的餐馆。陪客也不重要，是父母的朋友，一对老实巴交的夫妇，举止比父母还要拘谨。

餐桌上，四个大人沉闷地谈一些陈年往事，仿佛他们到这里来，不是给你过生日，而只是为了怀旧。你插不上嘴。想象中的生日惊喜一点迹象看不出来，除了那盒貌不惊人的蛋糕，可是它也算得上惊喜？它暂时被搁置在餐馆的窗台上，窗台小，盒子大，盒子的一部分没地方放，只好没着没落的悬着。

吃完饭，打完包，清理干净桌面，蛋糕终于摆上来了，上面用人造奶油松松垮垮写着四个字："生日快乐"，连你的名字都没有，是不是少写几个字，就是少点钱？

蜡烛被你匆匆吹熄后，妈妈小心翼翼把它们拔出，擦净，用原来的包装盒重新装好，喃喃说："还能用呢。"天哪，可不要等到

明年继续用，你心想。

爸爸从蛋糕上选了个花纹比较多、比较漂亮的地方，开始切分。第一块本以为是给你的，不料却给了张阿姨，第二块给了王叔叔，第三块才给了你——今天真正的主角，理应最受重视的小寿星。

你绷着脸，抓起叉子，准备把蛋糕狠狠吞进肚中。猛然听见，爸爸让你起立，向叔叔阿姨行礼。你茫然了，很不情愿地起来，两眼斜视，望着墙壁。这时爸爸说，15年前，生你那天，是阿姨送妈妈去的医院。

哦，原来如此，那就行个礼吧。

阿姨慌忙阻拦说："孩子，你应该给你母亲行礼，你出生那天，她还坚持上班，一下子就晕过去。你要为母亲自豪，她很坚强，她让你来到世上。"

母亲有些激动，坐不安稳了，被桌子碰了一下，露出痛苦的神色。于是你知道，先前她为你买蛋糕时，不慎跌伤了腿。她眼角的皱纹比往日更深，手上的青筋更重，但朴素的衣着却格外美丽、合体。她的双眼目不转睛地看着你，已经看了15年仍然看不够。

你脸颊发烫，周身发烫，你发现，你也看不够母亲，看着看着，泪水滴了下来。

你把椅子拉开，使空间增大一些，然后，深深地给母亲鞠了一个躬，又深深地给父亲鞠了一个躬。

你攥住拳头，用指甲紧抠手心，暗自决定：今后每逢生日，都要郑重鞠躬，感谢父母，感谢生命，感谢一切有助于你生命的人。

你轻轻端起盘子，把自己那块蛋糕送到父母跟前。

积极乐观的杰瑞

杰瑞是美国一家餐厅的经理，他总是有好心情。当别人问他最近过得如何，他总是有好消息可以说："如果我再过得好一些，我就比双胞胎还幸运啰！"

当他换工作的时候，许多服务生都跟着他，从这家餐厅换到另一家。

为什么呢？因为杰瑞是个天生的激励者。如果有某位员工今天运气不好，杰瑞总是适时地告诉那位员工往好的方面想。

这样的情境，真的让我很好奇。所以有一天我到杰瑞那里问他："我不懂，没有人能够总是这样地积极乐观，你是怎么办到的？"

杰瑞回答："每天早上起来我就告诉自己：我今天有两种选择，我可以选择好心情或者选择坏心情。即使有不好的事发生，我也可以选择做个受害者或是选择从中学习，我总是选择从中学习。每当有人跑来跟我抱怨，我可以选择接受抱怨或者指出生命中光明的一面，我总是选择生命的光明面。"

我说："但并不是每件事都那么容易啊！"

"的确如此，"杰瑞也这样说，"生命就是一连串的选择，每个状况都是一次选择，你选择如何响应，你选择人们如何影响你的心情，你选择处于好心情或是坏心情，你选择如何过你的生活。"

数年后，有一天，我听到人们告诉说杰瑞出了一件意外：有一天他忘记关上餐厅的后门，结果早上，三个武装歹徒闯入抢劫，他们要抢走所有的钱。

结果杰瑞打开保险箱时由于过度紧张，弄错了一个号码，警铃的响声造成抢匪的惊慌，他们开枪击中了杰瑞。幸运的是杰瑞很快地被邻居发现，紧急送到医院抢救。

经过十多小时的手术以及良好的照顾，杰瑞终于出院了。但还有块子弹留在他身上……

事件发生6个月之后我遇到杰瑞。

我问他最近怎么样？

他回答："如果我再过得好一些，我就比双胞胎还幸运了。要看看我的伤痕吗？"

我婉拒了，但我问他在抢匪闯入后的时间里，他都在想什么。

杰瑞答道："我第一件想到的事情是我应该锁后门的；当他们击中我之后，我躺在地板上，还记得我有两个选择：我可以选择生或选择死；我选择了活下去。"

"你不害怕吗？"

杰瑞继续说："医护人员真了不起，他们一直告诉我：'没事，放心。'但是，当他们将我推入紧急手术间的路上，我看到医生跟护士脸上忧虑的神情，我真的被吓到了。他们的眼里好像写着：他已经是个死人了。我知道我必须采取行动。"

"当时你做了什么？"

杰瑞说："嗯！当时有个肥胖的护士用吼叫的音量问我一个问题；她问我是否会对什么东西过敏？我回答：'有。'这时医生跟护士都停下来等待我的回答。我深深地吸了一口气，接着喊：'子弹！'听他们笑完之后我告诉他们：我现在选择活下去，请把我当作一个活生生的人来开刀，不是一个活死人。"

杰瑞能活下去当然要归功于医生的精湛医术，但同时也由于他令人惊异的态度。

我从他身上学到：你每天都能选择享受自己的生命或是憎恨它，这是唯一一件真正属于你的权利。没有人能够控制或夺去的东西就是你的态度。

如果你能时时注意身边愉快的事情，你就会因此而变得心情愉快。亲爱的朋友，现在您有两个选择：一是你可以遗忘这故事。二是将这故事传递给你关心的人。

我选择了二。希望你也是如此！

人生需要突围精神

出生于美国的普拉格曼连高中也没有读完，却成为一位非常著名的小说家。在他的长篇小说授奖典礼上，有位记者问道："你事业成功最关键的转折点是什么？"

大家估计，他可能会回答是童年时母亲的教育，或者少年时某个老师特别的栽培。然而出人意料的是，普拉格曼却回答说，是二战期间在海军服役的那段生活：

1944年8月一天午夜，我受了伤。舰长下令由一位海军下士驾一艘小船趁着夜色送身负重伤的我上岸治疗。很不幸，小船在那不勒斯海迷失了方向。那位掌舵的下士惊慌失措，想拔枪自杀。

我劝告他说："你别开枪。虽然我们在危机四伏的黑暗中漂荡了4个多小时，孤立无援，而且我还在淌血……不过，我们还是要有耐心……"

说实在的，尽管我在不停地劝告着那位下士，可连我自己都没有一点信心。但还没等我把话说完，突然前方岸上射向敌机的高射炮的爆炸火光闪亮了起来，这时我们才发现，小船离码头不到三海里。

普拉格曼说："那夜的经历一直留在我的心中，这个戏剧性的事件使我认识到，生活中有许多事被认为不可更改的、不可逆转的、不可实现的，其实大多数时候，这只是我们的错觉，正是这些

'不可能'才把我们的生命'围'住了。一个人应该永远对生活抱有信心，永不失望。即使在最黑暗最危险的时候，也要相信光明就在前头……"

二战后，普拉格曼立志成为一个作家。开始的时候，他接到过无数次的退稿，熟悉的人也都说他没有这方面的天分。但每当普拉格曼想要放弃的时候，他就想起那戏剧性的一晚，于是他鼓起勇气，一次次突破生活中各种各样的"围"，终于有了后来炫目的灿烂和辉煌。

想起了另一个故事。一天早晨，电报收发员卡纳奇来到办公室的时候，得知由于一辆被撞毁的车子阻塞了道路，铁路运输陷入瘫痪。更要命的是，铁路分段长司各脱不在。

按照条例，只有铁路分段长才有权发调车令，别人这样做会受到处分，甚至被革职。车辆越来越多，喇叭声、行人的咒骂声此起彼伏，有人甚至因此动起手来。

"不能再等下去了。"卡纳奇想。他毅然发出了调车电报，上面签着司各脱的名字。司各脱终于回来了，此时阻塞的铁路已畅通无阻，一切顺利如常。

不久，司各脱任命卡纳奇为自己的私人秘书，后来司各脱升职后，又推荐卡纳奇做了这一段铁路的分段长。发调车令属于司各脱的职权范围，其他人没人敢突破这个"围"，卡纳奇这样做了，结果他成功了。

仔细想来，每个人其实都有着这样那样的"围"：主观上的、认识上的偏见，个性上的不足，客观上的陈规陋习等都制约着我们实现生命价值的最大化。如果我们想在一生中有所作为，我们就必

须要学会不停地突围。

然而，一个人要突破各种各样的"围"，不是一件容易的事。首先，我们要有识"围"的智慧。有的"围"是明摆着的，我们一看就知道它妨碍着我们走向远方。

但有的"围"是"糖衣炮弹"，你看不到它对你的妨碍，或许你看到了也会有意无意地纵容它挤占心灵的地盘。其次，我们要有破"围"的实力。要突破主观的"围"，我们只需依赖意志；突破客观的"围"，则必须依靠人才、能力了。比起前者，后者的获得更艰难，付出的人生代价也更惨重。

突围是我们给予自己的最好的礼物，如果把我们向往的生活比作一个小岛，突围则是一条平静的航道；如果把我们的生命化作一块土地，突围就是那粒通向秋天的种子；如果把我们的人生比作天空，突围就是那轮光芒四射的太阳……

一个人可以出身贫贱，可以遭受屈辱，但绝对不能缺少突围的精神，没有这种精神，你就会失去行走的能力，永远也抵达不了本来可以抵达的人生的大境界。

给孩子添加两个苹果

一位小学老师对我说起，他怎么使一班小学生被改造的秘诀。

他的学生在低年级的时候遇到一个非常严格的老师，给学生的作业很多，而给学生的评价却很低。

在这位老师的笔下很少有学生可以得到甲，得到乙已经很不错，有许多学生拿到丙、丁，使得学生的家长对自己的孩子都不谅解，学生对学习也逐渐失去信心了。

当这班学生升到他的班级的时候，他发现学生的学习情绪很低，每天的功课也只是勉强交差。更糟的是，学生都畏畏缩缩，小小气气，一点也没有小学生那种天真的模样。

这位老师说："我开始把作业的最低分数定为甲下，即使写得糟的学生都给甲下，当然好一点的就是甲了，再好一些的是甲上。写得很不错的，我给他甲上一个苹果，真的很用心的则给他甲上加两个苹果。"

老师所谓的"苹果"，只是一个刻成"苹果"的印章盖在甲上的旁边。

除此之外，老师还每隔一段时间就发奖品，只要一个原来甲下的学生连得三个甲就给奖，依此类推。由于评分很宽，在每次发奖品的时候，几乎统统有奖，最小的奖是一张贴纸，最大的奖是一个铅笔盒。

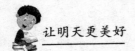

这种画饼充饥的甲上加上两个苹果，使原来拿丙丁的学生带回去的作业簿也有甲的佳绩，学生都变得欢天喜地，家长更是开心得不得了，非常善待那些原来被认为"顽劣的子弟"。

从此，好像变魔术一样，学生又有了开朗的笑容，天真的气色，特别是每次颁奖的时候，教室就像节日盛会一样，所有的学生全部改头换面，成为充满自信、容光焕发的孩子。

他说："不管是什么样的孩子，爱是最好的教育，而表达爱最好的方法是欢喜、奖励与赞赏。"

我听了老师的话，心里有很深的感触。我们大多数的人经历了人生的波澜后，往往会变成严苛、冷眼的人，在我们的内心形成许多的标准，并以这些标准来评价另一个人的标准。

这些标准用来衡量身心成熟的大人，有时都感到难以负荷，何况是对一个稚嫩的孩子呢？我们应该反过来想自己的一些初心，记得我的孩子出生的时候，我紧张地在病房外面等待，那时不知道会生出一个什么样的孩子，于是我双手合十向菩萨祈求："只要给我一个身体健康的孩子就好了。"

好不容易等到护士从里面把孩子抱出来给我看，她先把正面给我看，说："你看，眼睛、鼻子、嘴巴、耳朵、手脚都有了。"

然后，她把孩子转过来给我看背面，说："屁股、屁眼也都有了，一切正常，母子平安。"

当时我充满感恩的心，我们是多么幸运呀！生了一个四肢健全、身体健康的孩子。

事实上，大多数的父母都有过这样的经验，也就是我们对孩子的"初心"。

可惜的是，等孩子长大了，万一功课不如人，我们就在心里对孩子生起嫌厌的心；如果不幸的孩子又进入"放牛班"，我们就感到无望，甚至舍弃了对孩子深刻的爱；等到孩子几年考不上大学，游手好闲的时候，简直是到了深恶痛绝的地步，恨不得孩子在我们眼前消失。

到了这样的时候，我们就失去了孩子刚诞生时那种欢喜的"初心"了。

其实，我们可以把丁提升到甲下，多给孩子甲上加两个苹果，使孩子对人生充满欢喜与热望。

只要一个孩子有善良的心，那么功课差一点，读了"放牛班"、考了三年大学又有什么要紧呢？我们自己也并不是想象中的那么杰出、那样有成就呀！我们是孩子的镜子，孩子也是我们镜中的影像，是互为镜子，互为表里的。

我很喜欢《正法眼藏》中记载磐山禅师的故事。磐山久修不悟，非常烦恼，有一天独自走过街头，看到一个人在肉摊前买猪肉，对肉摊老板说："给我切一斤上好的肉。"

肉摊老板听了，两手交叉在胸前说："请问，哪一块不是上好的肉呢？"磐山禅师听了当场大悟。

我们的孩子哪一个不是上好的孩子呢？真正从孩子身上看见生命的至真至美的人会发现，孩子不只配得上甲上加两个苹果，每一个孩子都是甲上加十个苹果的！

曾经有一位家长满脸愁容地来找我，因为他的孩子考试总是全班最后一名。

我说："每一个学校的每一班都有最后一名，如果不是我们的

孩子，就是别人的孩子。"

"但是，这孩子怎么办呢？"家长问。

"其实，现在你可以高枕无忧了，因为你的孩子再也不会往下掉了，从今以后，他只有向上走的一条路。"我这样说。

孩子是如此，我们的人生不也一样吗？遇到最坏的情况，那也不坏，因为"从今天起再也不会比这更坏了，只会再好起来。"

留住老师的一双球鞋

天快亮了，母亲喊起了我。妻子把背包打好了，桌子上放着一碗热腾腾的荷包蛋。我顾不得洗脸，匆匆赶到学校，和校园作最后的告别。

那群黄鹂鸟照例欢叫着欢迎我。打开教室的门，我收拾了一下讲台上的粉笔和教科书。再见了，我心爱的校园，我洒下了汗水的讲台。

回转身，我在黑板上写下了这句话：

　　同学们，实在对不起大家，你们的老师违背了当初的誓言，不能教你们了。长大后，你们就会明白我离去的原因的。新来的老师会比我更优秀，他会把你们培养成人、成才的。

写完，我拍拍手上的粉尘，锁上门，快步回家。一会儿天一亮，或许就走不成了。

时间过得真快啊。转眼间在这所学校工作了7年了。我曾经下定决心在这个偏僻的三尺讲台上站下去，可是，父母多病需要好多的钱治病，妹妹上学需要好多的钱。民办教师的希望还远在天边，我实在不能再这么硬撑下去了。

　　几天前，枣庄的好友金年兄给我找了个在煤矿当文书的工作，每周编发一期报纸，搞搞宣传，每月工资是我干教师一年的收入。父母动了心，妻子动了心，我也动了心。毕竟，我不是圣人啊。

　　昨天下午，我上完了最后一节课，批改完了最后一本作业，已下定决心要离开这里了。母亲为我借来了路费，打好了外出的行囊。妻子把我那双白球鞋刷干净了，晾在了窗台上。

　　村子里传开了开木门的声音，水桶"吱哟"的声音。东边天上的红霞越来越艳。那几颗星星越来越淡。天就要亮了。

　　我小跑回家，三下五除二扒拉上那碗荷包蛋，妻子去给我拿球鞋。窗台上空空的，鞋没有了。

　　她问母亲："你拿鞋了吗？"

　　母亲说："没呢，昨下午刷好就放那里了，咋说没就没了呢？这是怎么回事呢？"

　　一家人在这里翻天倒地，大门口传来孩子的哭声。一会儿，邻居家刘三叔拽着女儿刘洁进了我家，刘洁的手里拿着我那双球鞋。孩子哭成了泪人。

　　母亲走过去，给刘洁擦着脸上的泪水，问她爹这是怎么了。

　　我也纳闷了，鞋怎么在他爷俩手里？刘三叔说话了："老侄子，实在对不住啊，昨天下午几个孩子把你的球鞋偷去藏在了草垛里了。今天早晨我扒草喂牛扒拉出来的。这几个孩子，不知玩的什么鬼花招。"

　　我问刘洁为什么，刘洁哭得更厉害了。"老师，俺们几个同学听说你要走，不再教俺了，俺几个商量了，只要把你的鞋藏起来，你没鞋穿就走不成了。"

院子里的人越来越多，常会书记也从人群里走过来，紧紧抓住我的手说："老佺子，你去枣庄的事我都知道了。看看你这个家，也真该出去闯闯了。唉，怎么说呢，只怨这帮孩子没福分摊你这个好老师，你安心走吧，家里老人有我，有大家呢。"

同院的人都在说着惋惜离别的话。我鼻子一酸，泪水顺着双颊流下来了。

是的，我没有走成，还是留下来了。这是1989年初秋的一天。这一天，这个世界上发生了很多很多的故事。但在这个小山村关于这双白球鞋的故事或许是独一无二的。

在不经意的小处跌倒

哈特从小就在父亲的教导下练习心算，经过多年的刻苦训练，他终于成为一名出色的心算大师。他能够在别人刚刚说完需要计算的数字之后，马上说出正确无误的答案。即使是面对特别难的混合运算，哈特也从来没有出现过任何偏差。

为此，哈特感到十分自豪。他也经常受到各地的邀请，前去进行心算表演。正所谓"艺高人胆大"，无论去什么地方参加表演，哈特从来都没有怯过场，几十年来一直如此。

这一次，他同样信心十足地站到了台前进行心算表演。台下的大多数人都是带着小型计算机来的。他们一方面是想验证一下哈特的心算技能，另一方面也想感知一下人脑与电脑哪一个反应更快。

在表演期间，人们一个接一个地上台为哈特出题。上台出题的人们尽可能地出一些运算更为复杂、数字更为庞大的题目，显然他们既为哈特的心算技能所折服，又想出其不意地难倒这位从来都没有失误过的心算大师。

但是他们都没有难倒他。哈特看到他们一个一个心服口服地走下台去，心里更加得意。

就在哈特倍感得意之时，有一位女士走上台来。这位女士其貌不扬，但是脸上的表情却很严肃。看到这位女士，哈特想：眼前的这一位肯定又是想来难倒我，可是这只是一场游戏，何必那么认真呢？女士缓缓说出了题目内容。

"有一列火车要开往某一个地方，在始发站上一共有6089人上车，在经过第一个车站时下车22人，上车84人；下一个车站又下了13人，上了61人。"

听到这里，哈特不由得在心中轻笑了一下，"如此简单的加减运算题，真是幼稚得很。"

女士依然在不紧不慢地说着自己的题目，"下一站又下了48人，上了39人；再下一站下了64人，上了76人；再下一站下了94人，上了77人；再下一站下了59人，上了162人；再下一站下了195人，上了67人。"

说到这里女士停了一下，哈特一副志在必得的样子，但是他愿意装作谦虚地对女士说："您还可以接着提问的，请问还有吗？"

女士仍旧是一副不慌不忙的严肃样子，她说："当然有，火车一直向前行驶，到下一站又下去295人，上来24人；再下一站下去82人，上来35人，再下一站下去673人，上来15人。"

女士又停了下来，此时哈特真希望她能说出一点更有难度的题目，因为她的题目几乎不能让哈特充分地表现自己的心算才能。但哈特依然表现得相当有礼貌，他对这位女士说："如果题目到此为止的话，我想我现在就可以说出火车上剩下多少人了。请问您的题说完了吗？"

女士看了看哈特说，"只剩下最后一句了"。然后她大声地说："我要问的是这列火车沿途一共经过了多少站，而不是火车上还剩下多少人。"听到女士最后的这一句话，哈特一句话也说不出来了。

小举动赢得大成就

那是在20世纪中期，前苏联先进的航天技术曾经令世人折服。当由前苏联研究制造的载人航天飞船首次遨游太空之后，无论是当时到太空遨游的航天飞船"东方1号"，还是当时乘坐"东方1号"在太空遨游108分钟的飞行员加加林的名字都从载人航天飞船成功返回地球的那一刻起被载入了全人类的史册，永远被世人所铭记。

"东方1号"先进的制造技术和精密的制造工艺自然令前苏联的军事科学研究者们感到无比自豪，而随同载人航天飞船一同遨游太空的加加林也以其出色的表现赢得了世人的赞扬。

不过，当初在选择随同载人航天飞船一起遨游太空的最佳人选时，包括"东方1号"的设计者在内的所有人其实都感到了很大的为难。

因为从体能、技术、品德素质等方面来看，符合条件的航天员有加加林、季托夫、涅留波夫三人，究竟选择谁更合适呢？从"东方1号"研制成功以来，这个问题一直困扰着航天飞船的设计者和整个航天计划的领导者。

在航天飞船飞入太空的前一个星期，这个困扰人心的问题总算尘埃落定——被有幸选中成为人类历史上第一位随同载人航天飞船遨游太空的航天员就是后来名垂千古的加加林。

加加林究竟以什么样的优势赢得决策者的青睐呢？"东方1

号"的总设计师罗廖夫在接受记者采访时对于这个问题的回答令当时的人们感到十分意外，但是如今关于这件事的前因后果已经被传为人类历史上的佳话。

罗廖夫是这样回答记者的："其实当时被选送来的航天员的各方面素质都很优秀，而且彼此之间的差距又微乎其微，这对我们来说实在是一个难题。不过当时的选拔过程中，我总感觉航天员们的表现有些美中不足，但是究竟是哪里出现了问题我自己也不太清楚。直到加加林进入飞船的那一刻，我才清晰地意识到其他航天员的不足之处。"

说这话的时候，罗廖夫仍然掩饰不住心中的激动，他顿了顿接着说："加加林在进入航天飞船之前，他轻轻地脱下了自己的鞋子，只穿着袜子进入了座舱。就是这个在很多人看来微不足道的举动一下子打动了我，因为我从他的这一举动中看出了他平时追求完美的习惯，而且还感受到了他对航天飞船的无比珍爱。要知道；他对航天飞船的珍爱实际上就是对我们这些设计人员的尊敬，同时也是对航天事业的热爱。在后来的技能测试和知识问答中，加加林的表现同样完美，所以最终我们决定让加加林执行人类首次太空飞行的神圣使命。"

加加林通过一个再细小不过的举动赢得了罗廖夫以及其他人的青睐，从而成为遨游太空的第一人，使自己的名字在浩瀚的人类历史上留下了重重的一笔。其实正如罗廖夫所说的那样，加加林当时的那一举动虽小，但绝不是偶然，而是其长期以来对细节重视的必然结果，也正是这种长期以来对细节的重视为其赢得了必然的伟大成就。

活在今天的方格中

不知道大家是否觉得自己有做不完的事，并认为自己的生活压力越来越大？除此之外，大家是否对自己未来也不是很有把握，不知道未来会是什么样子？

在1871年的春天，有一位年轻人跟我们一样有这种感觉。他刚从医学院毕业，不知未来何去何从，及如何开业维生。后来他很幸运地看到影响他深远的二十几个字，改变了他的一生。

那天他从书上读到的那二十几个字，使他成为当代名医，日后创立美国医学界最有名的约翰霍普金斯医学院，并获得英国国王颁授爵位。

他的名字是威廉·奥斯勒爵士。他在1871年所看到的二十几个字是："我们的首要之务，并不是遥望模糊的远方，而是专心处理眼前的事务。"

多年后的一个春天，奥斯勒在耶鲁大学向学生演说。他告诉学生们像他这样的名教授，又是医学院的创办人，大家一定认为他的能力应该是超人一等，可是他强调那是绝对不正确的。

他的好朋友都知道，他其实资质平庸。那么，他成功的秘诀到底是什么呢？他认为完全归功于那二十几个字，清楚地提醒他要"活在今天的方格中"。

在演说前的几个月，奥斯勒曾搭船横渡大西洋。他注意到船长室有一个按钮，按下后会使所有舱立即封闭，在此隔绝，以防止水涌进其他船舱。

他开始对学生说："你们在座的每一位，都是比轮船更精密的个体，而且有更遥远的航程。我督促各位在人生旅途上航行要确保航行安全，务必要学会'活在今天的方格中'。记得要按下您心中的那个按钮，跟已逝的过去隔绝，并再按一次钮，与不可知未来隔绝，专心的把今天活好。人类的救赎就在今天，而浪费精力为昨日的挫折与未来的挑战忧心，只会拖累自己。所以，记得把舱门关紧，练习活在今天的方格中！"

奥斯勒的意思是要我们不为明天做计划吗？绝对不是的。他真正的意思是如果我们想要为明天做最佳准备，就要将自己所有的智慧与能力、热忱，积极地投入在今天该做的事务中。这是我们唯一能为未来做的准备工作，也是克服忧虑、开创人生的关键。

两个淘金者的故事

两个墨西哥人沿密西西比河淘金，到了一个河汊分了手，因为一个人认为阿肯色河可以淘到更多的金子，一个人认为去俄亥俄河发财的机会更大。

10年后，去俄亥俄河的人果然发了财，在那里他不仅找到了大量的金沙，而且建了码头，修了公路，还使他落脚的地方成了一个大集镇。现在俄亥俄河岸边的匹兹堡市商业繁荣，工业发达，无不起因于他的拓荒和早期开发。

进入阿肯色河的人似乎没有那么幸运，自分手后就没了音讯。有的说他已经葬身鱼腹，有的说他已经回了墨西哥。直到50年后，一个重2.7公斤的自然金块在匹兹堡引起轰动，人们才知道他的一些情况。

当时，匹兹堡《新闻周刊》的一位记者曾对这块金子进行跟踪，他写道："这颗全美最大的金块来源于阿肯色，是一位年轻人在他屋后的鱼塘里面捡到的，从他祖父留下的日记看，这块金子是他的祖父扔进去的。"

随后，《新闻周刊》刊登了那位祖父的日记。其中一篇是这样的：

　　昨天，我在溪水里又发现了一块金子，比去年淘到的那块更大，进城卖掉它吗？那就会有成百上千的人拥向这儿，我和妻子亲手用一根根圆木搭建的棚屋，挥洒汗水开垦的菜园和屋后的池塘，还有傍晚的火堆，忠诚的猎狗，美味的炖肉山雀，树木，天空，草原，大自然赠给我们的珍贵的静逸和自由都将不复存在。我宁愿看到它被扔进鱼塘时荡起的水花，也不愿眼睁睁地望着这一切从我眼前消失。

18世纪60年代正是美国开始创造百万富翁的年代，每个人都在疯狂地追求金钱。可是，这位淘金者却把淘到的金子扔掉了，有很多人认为这是天方夜谭，直到现在还有人怀疑它的真实性。可是我始终认为它是真的。因为在我的心目中，这位淘金者是一位真正淘到金子的人。

完善每一个小细节

那是在1886年，为了纪念自由精神强烈的美利坚合众国成立，法国政府送给美国一座雕刻历时10年、高约46米的自由女神像。女神的外貌设计源于雕塑家的母亲，高举火炬的右手则以雕塑家妻子的手臂为蓝本。

这座自由女神像象征着美国人民的自由精神。直至今日，这座雕像依然是美国最具代表性的景观之一，而且随着时代的发展，自由女神像历经沧桑，它几乎已经成为全球所有为自由而奋斗的人心目中神圣的向往。

人们怀着这种神圣的向往，从四面八方涌来，为的就是一睹自由女神的风采。在雕像耸立于美国自由广场的一百多年以后，有一位画家和朋友一起乘坐一架私人小飞机飞到了距离地面约300英尺的高空，画家和他的朋友已经清楚地看到了自由女神像头部的所有细节：

一缕缕飘逸而韧性十足的头发，丰富的脸部表情，额头、鼻翼两侧还有耳郭边的每一个线条，以及坚定地盯着前方、充满火热激情的眼睛……所有的一切都被雕塑家表现得栩栩如生。

这位画家素以对作品无比挑剔和苛刻著称，但是看到眼前精美的自由女神像，他也不由得赞叹，简直是巧夺天工。

在1886年之前，飞机还没有被发明制造出来，而雕塑家却尽其所能地完成雕像的每一个部分，丝毫没有忽略其中的任何一个细节。

在一个多世纪以前，这位雕塑家用自己的双手一刀一锉地刻出每一个完美的细节，即使是最细微、最不可能为人所注意的部位也没有丝毫马虎，他甚至不考虑自己精心雕刻的某些细节可能人们永远都不会看到。但他始终没有放松对自己的要求，他在巨大的自由女神像上一刀一力地刻着，在他眼中只有手中的刀锉和刀锉下的完美细节。

也正是因为雕塑家鬼斧神工的雕刻技术，以及他对于完美细节的不懈追求，巨大的自由女神像才以近乎完美的形象展现在人们面前，同时展现在人们眼前的还有雕塑家的精巧技艺及其通过每一个细节向人们传递的自由精神。

这位自由女神像的雕塑者就是弗雷德里克·奥古斯塔·巴托尔迪。他的名字将和自由女神像一样流传千古，他向人们传递的自由精神将会被千万代的人所铭记。

失败了再爬起来

很多人告诉自己："我已经尝试过了，不幸的是我失败了。"其实他们并没有搞清楚失败的真正含义。

大部分人在一生中都不会一帆风顺，难免会遭受挫折和不幸。但是成功者和失败者非常重要的一个区别就是，失败者总是把挫折当成失败，从而使每次挫折都能够深深打击他追求胜利的勇气；成功者则是从不言败，在一次又一次挫折面前，总是对自己说："我不是失败了，而是还没有成功。"

一个暂时失利的人，如果继续努力，打算赢回来，那么他今天的失利，就不是真正失败。相反的，如果他失去了再次战斗的勇气，那就是真的输了！

美国著名电台广播员莎莉·拉菲尔在她30年职业生涯中，曾经被辞退18次，可是她每次都放眼最高处，确立更远大的目标。最初由于美国大部分的无线电台认为女性不能吸引观众，没有一家电台愿意雇用她。

她好不容易在纽约的一家电台谋求到一份差事，不久又遭辞退，说她跟不上时代。

莎莉并没有因此而灰心丧气。她总结了失败的教训之后，又向国家广播公司电台推销她的清谈节目构想。电台勉强答应了，但提出要她先在政治台主持节目。

"我对政治所知不多，恐怕很难成功。"她也一度犹豫，但坚定的信心促使她大胆去尝试。她对广播早已轻车熟路了，于是她利用自己的长处和平易近人的作风，大谈即将到来的7月4日国庆节对她自己有何种意义，还请观众打电话来畅谈他们的感受。

听众立刻对这个节目产生兴趣，她也因此而一举成名了。如今，莎莉·拉菲尔已经成为自办电视节目的主持人，曾两度获得重要的主持人奖项。她说："我被人辞退18次，本来会被这些厄运吓退，做不成我想做的事情。结果相反，我让它们鞭策我勇往直前。"

美国百货大王梅西也是一个很好的例子。他于1882年生于波士顿，年轻时出过海，以后开了一间小杂货铺，卖些针线，铺子很快就倒闭了。一年后他另开了一家小杂货铺，仍以失败告终。

在淘金热席卷美国时，梅西在加利福尼亚开了个小饭馆，本以为供应淘金客膳食是稳赚不赔的买卖，岂料多数淘金者一无所获，什么也买不起，这样一来，小铺又倒闭了。

回到马萨诸塞州之后，梅西满怀信心地干起了布匹服装生意，可是这一回他不只是倒闭，简直是彻底破产，赔了个精光。不死心的梅西又跑到新英格兰做布匹服装生意。

这一回，他时来运转了，他买卖做得很灵活，甚至把生意做到了街上商店，但头一天开张时账面上才收入11.08美元。而现在呢？位于曼哈顿中心地区的梅西公司已经成为世界上最大的百货商店之一了。

如果一个人把眼光拘泥于挫折的痛感之上，他就很难再抽出身来想一想自己下一步如何努力，最后如何成功。一个拳击运动员

说："当你的左眼被打伤时，右眼还得睁得大大的，才能够看清敌人，也才能够有机会还手。如果右眼同时闭上，那么不但右眼要挨拳，恐怕连命也难保！"

拳击就是这样，即使面对对手无比强劲的攻击，你还是得睁大眼睛面对受伤的感觉，如果不是这样的话一定会失败得更惨。其实人生又何尝不是这样呢？

从学徒到副总统

当美国马萨诸塞州一个偏远山村的一家农户中传出一声响亮的婴儿啼哭时，正处于宁静中的乡村被这婴儿的啼哭声划破了。这个婴儿带给农户一家的既有为人父母的喜悦，又有对难以维持的贫困生活的担忧。

用这个孩子后来在其自传中的话来形容，那就是"当我还在襁褓中的时候，贫穷就已经露出了它凶恶的面目"。

当这个婴儿渐渐长大，已经牙牙学语之时，父母为了维持几个孩子的温饱不得不同时打好几份工，但即使是这样，这家人依然一天只吃一顿饭、吃了上顿没下顿，时时面临饥饿的威胁。

就在这个孩子刚刚记事时，他就比有钱人家的同龄孩子们懂事得多。在那时，当他稍稍感到饥饿时是不会向母亲要东西吃的，只有在感到非常饥饿时才会用一双深陷在眼窝中的眼睛观察母亲，如果看到母亲脸上的表情不是十分严肃，他就会伸出一双小手向母亲要一片面包。

贫困使得这个家中的孩子们都没能受到完整的教育，10岁时他就不得不出外谋生，之后当了整整11年的学徒。学徒的工作又苦又累，如果不是被逼无奈，没有任何一对父母愿意让孩子受如此的苦难。

当结束了充满血泪的学徒生涯之后，这个孩子又到遥远的森林

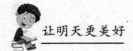

里当伐木工，森林离家很远，而且当地除了几名一贫如洗的伐木工之外几乎没有人烟。

在森林里当了几年伐木工之后，已经长成强壮青年的他又继续依靠自己的能力干其他工作。虽然这期间的工作都十分辛苦，但是他居然利用夜间休息的时间读了千余本好书，这些书都是他在干完活后跑十几里山路从镇上的图书馆里借来的。就这样，他一边辛苦地工作，一边从书本中学习知识、汲取智慧。

无论面临怎样的困苦和艰难，他从来没有抱怨过任何人和任何事，即使是面对极不公平的待遇时他也仍然如此。

一次，他得知伐木厂附近的一家政府机构要招书记员。以他的能力和水平是完全可以胜任书记员这一职务的，于是工友们都支持他去报名。

可是在报名时，一位负责人不屑一顾地告诉他："要想成为这家机构的书记员，首先要有高等学历，同时还要有当地资金丰厚的人愿意担保。"这两项条件他都不符合。

当初拒绝过他的那位负责人可能怎么也不会想到，就这样一个几乎完全依靠自学获得知识的孩子竟然在40岁左右的时候以绝对优势打败竞争对手进入美国国会，后来，他又因为出色的政绩成为人们爱戴的美国副总统。

他就是美国历史上最优秀的副总统之一——亨利·威尔逊，无论是他本人，还是他为美国历史，都创造了令世人瞩目的伟大成就。

圣诞节的爱心礼物

这个冬天对9岁的杰克来说，真有点祸不单行。先是病了多年的母亲，在一场重感冒之后，病情突然加重，去世了。然后，就是在消防队工作的父亲，在一家造纸厂大火的扑灭工作中，被烧成重伤，也没有维持几天，就追随着母亲去了。

家一下子变得凄冷荒凉起来，开始的时候，还有亲戚和朋友来看看他，但没过多少时候，门庭便冷冷清清的了。

圣诞节很快就要来了，每年的这个时候，爸爸和妈妈总要送给小杰克一份礼物。即使在拮据的日子里，爸爸也要想尽办法送给杰克一个惊喜，或者是一个会跳舞的怪兽，或者是一只宠物猫，或者是一座积木公园。

杰克每年都盼望着这一天的到来，因为这一天不仅是圣诞节，也是他的生日，重要的是，这一天，他可以得到快乐。

今年的圣诞节，杰克故意把自己关在家里，和奶奶一起看电视。窗外无声地飘着雪，纷纷扬扬的，院子白了，树也穿上了银装，远处，是孩子们此伏彼起的叫喊声，欢乐而令人向往。

杰克不敢往外边看，他想让这天快快过去，好让他心里好受一点。黄昏的时候，他见奶奶蜷缩在沙发里快睡着了，他想和奶奶早早上床睡觉去。就在这时候，他听到了轻轻的拍门声。

杰克打开门，外边站着的是邻居伯莱叔叔，帽子上，身上，全

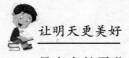

是白白的雪花。

"伯莱叔叔，有事吗？"杰克有些疑惑地问。

"你看，这是什么？"伯莱叔叔说着从身后拿出一个大纸盒来，"这是你的邮包，刚才邮差来的时候，我顺便拿了并给你送过来，快看看吧，会是什么东西。"

打开包装盒，里边是一只土灰色的玩具狗，上面是一张红色的卡片，卡片有几个大字："圣诞节快乐，杰克。爱你的卡鲁西。"

"卡鲁西是谁？他在哪里呢？"杰克扭过头来问道。伯莱叔叔说："是爸爸的朋友，他在一座遥远的城市里。"

"卡鲁西？他们那座城市美吗？"

"美，比天堂还美。"杰克也不知道爸爸有没有这样一个朋友，但他很快就被这只来自天堂的玩具狗迷住了，这只狗除了会自动拐弯外，还会发出各种惟妙惟肖的叫声。

杰克一点睡意也没有了，他玩得愉快极了，又仿佛回到了以前的圣诞节，以至于伯莱叔叔什么时候走的，他都不知道。

圣诞节过去好几天了，杰克还沉浸在玩具狗给他带来的快乐中。他决定回赠爸爸的朋友一份礼物，送什么呢。

有一次，他去问伯莱叔叔，叔叔说，就送你最喜欢的东西吧。夏天的时候，杰克常常从学校旁边的小河边捡一些漂亮的鹅卵石回来，各色的鹅卵石是他最珍爱的，于是他突发奇想，从玻璃罐里拣出最漂亮的两颗来，交给伯莱叔叔，要他寄给爸爸的朋友，伯莱叔叔很高兴地答应了。

以后每年的圣诞节，杰克都会收到爸爸朋友寄来的礼物，卡鲁西，汤姆，琳达，爸爸有许多的朋友，每年都寄来让他心仪的

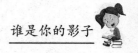

礼物。

在失去父母的那些年里，每一年的圣诞节他都过得有滋有味，因为他并没有缺少生活的阳光，以及爱。

当然了，他也不忘每年夏天的时候，独自一个人徜徉在河床里，把最美的鹅卵石捡回来，藏起来，等圣诞节过后，由伯莱叔叔寄出去，寄给那些爱着他的人。

杰克一天天长大起来，奶奶去世之后，他已经能够独立生活了。然而，不幸的是，从伯莱叔叔的口中得知，爸爸的那些朋友也有了一些变故，有的搬家到了很远的地方，有的也已经去世了。

本来，杰克想通过自己的努力挣一笔钱，去报答这么多年一直关照和爱着他的这些人们，看来已经不容易做到了，他只好在心里默默地祝福他们。

伯莱叔叔也一天天地老了，身体已大不如前，精神很差，走路也蹒跚了。这么多年以来，杰克一直习惯等在家里，由伯莱叔叔把圣诞节的一份惊喜带给他。

这一年圣诞节，给杰克拿去寄来的礼物后，还未等到帮杰克寄鹅卵石，伯莱叔叔就不行了，风烛残年的他很快就走到了生命的尽头。就在清理他的遗物的时候，杰克在伯莱叔叔的床底下发现了一个很精致的箱子。

箱子很重。会是什么东西呢？杰克移开堆在上面的杂物，拂去尘土，他有些漫不经心地打开了箱子，上边是一沓卡片，是伯莱叔叔的笔迹。

上面会写些什么呢，杰克任意拿起一张来，见上面写着："去迈米超市，为杰克选购今年的圣诞礼物。"

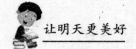
　　杰克似乎感觉到了什么，猛地扒开所有的纸片，箱子的下边，果然是一颗颗熟悉而漂亮的鹅卵石，排列得整整齐齐。至此，杰克才完全明白了，所有的卡鲁西、汤姆、琳达等人，全是伯莱叔叔一个人，而所谓遥远的城市，遥远的天堂，却是伯莱叔叔这多年来，为他精心搭建的爱的天堂。

　　杰克捧起鹅卵石，哭泣不已，泪水蒙眬中，泛着美丽光泽的鹅卵石，朝杰克微笑着，像一颗颗温暖的水晶心。

一个贫穷的捐助者

一个男人为给妻子看病，已经债台高筑。由于实在交不起住院费，这天，男人办理了出院手续，简单地收拾了一下行囊，搀扶着依旧病重的妻子无奈地往农村老家赶。

然而在汽车上，他们碰到了一位好心人。听说了男人和他妻子的情况之后，这位好心人说他恰巧在一家慈善基金会工作，他要试着想想办法帮他们一把。

果然，没过多久，男人就收到了这位好心人寄来的2000元钱，妻子又重新住进了医院，夫妻俩百感交集。

之后，每当他们感觉到住院费所剩无几的时候，他们都会收到那位好心人寄来的钱款，这雪中送炭一般的帮助，让夫妻俩的心里暖融融的。

除了交医院的费用之外，夫妻俩省吃俭用。他们在心底里一遍一遍叮嘱自己，这些钱来自许许多多双爱心之手，也许这些人也不容易，怎能乱花呢！

春天，雪融花开的时候，妻子的病终于好了。在将近两个月的治疗时间里，他们一共收到那位好心人寄来的钱款14000元。

夫妻俩决定去拜谢这位好心人，以及那家给了他们那么多帮助的慈善基金会。

然而，当他们风尘仆仆地赶到那座城市，才知道，好心人并没

有在什么基金会工作，他在郊外经营着一家小工厂，而那14000元钱，全部是他个人拿出来，捐给这对夫妻的。

这件事很快引起了当地媒体的注意，电视台的记者第一时间赶往郊外去采访这位有爱心的人。记者问，你为什么要去帮助一对与你素昧平生的夫妻呢？

他笑了笑，说，也没有别的，那次在出差的车上，我看他们实在困难，就决定帮他们一把。

记者又问，那你为什么不从一开始就告诉他们，这钱是你一个人拿出来的呢？

这一次，他没有直接回答记者的问题，而是讲了一个他自己的故事：

我小的时候，记得有一年，家里穷得实在没有米下锅。就在父母为这件事情发愁的时候，村支书给我家背来了一袋米，支书说，这是上级发下来的救济米，谁都知道你们家四世同堂，人口多，粮食肯定不够吃，也许这袋米正用得上。

结果，就是这么一袋米，让我们家渡过了最困难的时期。过了好几年，日子开始好过了，父母才从村支书的媳妇口中得知，那一袋米其实并不是救济米，而是支书从他们家所剩不多的粮食中匀出来的……

讲完后，他对记者说，这件事对我的影响很大。我从村支书那里学会了爱，也学会了如何去爱。是啊，能让一个人坦然地接受你给他的帮助，并且不让他有丝毫的为难和歉疚，这才是真正的爱。

记者并不甘心，又问了他最后一个问题，这个问题似乎更加直接和尖锐，记者说："既然你要帮助他们，为什么不把捐助的钱一

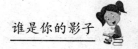

下子都给他们呢？"

面对着记者问的这个问题，他笑了，随后又点了点头，有所感触地说，把所需要的钱一下子给了他们，也并不是不可以，但如果是那样的话，这夫妻俩所得到的，只是看病的钱，而我这样做的最终目的，是想让他们感受到，他们总能得到不尽的爱和希望。

最后他说，对身陷困境的人来说，他们所需要的，并不是慷慨的怜悯，而是生生不息的爱和希望啊！

妹子的第十九个父亲

世雄叔在巷子口开了一间馄饨店，生意挺红火，都说世雄叔的馄饨店成了城里头一绝。咂咂嘴，世雄叔没喝酒也突然有了几分醉意。于是，他在煮馄饨时喜欢时高时低地哼着花鼓戏调。

眼前，他又在煮馄饨，又在哼着戏调子。

"叔叔，你店子里能不能让我打钟点工？"

世雄叔撇头瞟了一下，还没把头摆回来，又侧眼看去，这问话的还是一个大妹子。身子有几分单薄，瓜子脸，还有那双大眼睛，似乎有几分焦虑。

"再往前走百来步一拐，就有一个劳务市场。"世雄叔随口搭了一句话。

妹子说："我不是民工。我在师专念书，只是想在闲时出来打宁工挣点钱。"

"噢，从乡下来念书的妹子吧。"

妹子点点头。

她说："要不，让我试几天工也行。不满意的话，你把脸色一跌我就不来了。"

这话逗得世雄叔有几分乐。他正儿八经打量了妹子几眼，很司脆地："好咧，做几天试试看吧。来吃馄饨的大多是熟客，丑话说至前头，他们一跌脸色，你走人。"

不过，这妹子没来多久，世雄叔的脸色突然有了几分凝重。当然，他在妹子身上挑不出毛病，一看这妹子就知道是穷窝里咬牙念出书来的。

于是，世雄叔就问起她的家境。犹豫半天，妹子才告诉他，父亲病了8年去世了，母亲劳累过度也犯了病，家里还有两个妹妹和年岁已高的爷爷奶奶。妹子说："家里除了被盖和灶台，就是一屋子债！"

听了这话，世雄叔的心堵得难受。他是一个下岗职工明白这日子难熬的滋味如何。于是，他跟妹子说："只要这店子还在你就安心在这里做事。"

这一日，世雄叔却突然跟这妹子说："你不要来店子干活了。"

"我什么地方做错了吗？"

"没做错什么，你回校园里读书去。"

妹子说："我还是想挣点钱。"

"钱，我每个月照开给你。我看你呐，还是个读书的料子，回去一心一意念你的书去吧。"

"不干活，我怎么能拿你的钱呢？"

看到妹子不同意，世雄叔不由一叹："我儿子也有你这般大了跟他相比，妹子你太可怜了！不嫌弃我这个煮馄饨的，我就把你当成干女儿。父亲供女儿读书也算天经地义，这样说总行了吧。"

"谢谢你！不过，我不可怜。"

"哟，你还没吃够苦哇。"

"苦吃过很多，但我不可怜。"妹子望着世雄叔，好久，才

说，"知道吧，你已经是我第十九个父亲了！"

"我是你第十九个父亲？你怎么会有那么多父亲？"

妹子点点头，有点哽咽地说："这些年来，我遇到了好些好心人。他们都在帮我，这里头已经有十八个伯伯叔叔把我当成义女干女。要不然，我也进不了城里念书，我妈也没钱治病。母亲说，一个女孩子这辈子做牛做马也恐怕报答不了这么多好心人，就把他们当成自己的父亲吧。在我心里，他们就是我的父亲！"

世雄叔激动了。刚才还觉得碰上自己这个好心人该是这妹子的幸运，却没有想到在自己前面还有许多像自己一样的父亲在帮助这妹子，同时，看样子自己也肯定不是这妹子最后一个父亲。

那第二十个父亲该会是谁呢？或许就是所有像自己一样的男人吧！当然，所有的父亲也会为拥有这么一个女儿而高兴。因为世雄又接下来听到这妹子说了这么一句话："即使有再多的父亲帮我，我也不能闲下自己的手。我知道，天下所有的父亲都不会希望自己生下一个懒汉女！"

五元钱和一支钢笔

我的好友林就要应加州大学的邀请前往做访问学者了。他是我们这些朋友中间唯一获得博士学位的。我去给他送行。在他宽大的客厅里，我们依依惜别还认真地听了他的一段叙述。没想到，林这些年来奋发努力的源泉，原来是从一个偶然发生的故事里开始的。

他的家乡在偏僻的乡村，那里很穷，能吃饱饭的人家就算是殷实之家了。他家里4口人，奶奶、父母和他。奶奶常年有病，父亲身体也不好，家里只靠母亲一人。

在他8岁那一年，父亲的身体稍稍好一些了，就跟着村里人到一个小煤窑去挖煤。不料正赶上了小煤窑坍塌，被砸死了。没有挣到钱，为了埋葬又借了很多钱，家里的饥荒就更大了。

临近春节了，奶奶躺在床上有气无力，母亲出去一整天卖家里仅有的一垛谷草，没有人买，又拉了回来。这个时候，不要说买肉过年，第二天吃的也没有着落。

8岁的他已经懂事了，看着母亲悲苦的神情，他想到自己养了一年的两只白兔。那是父亲活着的时候花1元钱给他买的。父亲说，你要天天割草喂它，它就会生很多很多小白兔，然后把小白兔卖了当学费，就有钱读书了。

这一年多，他天天割草，风雨无阻，小白兔已长成了大白兔，过了年就能够生小白兔了。他经常对奶奶和母亲说，我要让它生一

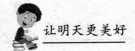

院子的小白兔，卖很多的钱，除了上学够用，还要给奶奶治病，买好东西给母亲吃。

他实在是舍不得卖啊。可是，看着病床上的奶奶和无奈的母亲，他咬了咬牙说，把我的白兔卖了吧，好买肉给奶奶包饺子。

母亲的泪水刷刷地落下来。她知道那是儿子的全部希望和寄托，可是家里实在没有任何东西可以换钱了，总得让婆婆和儿子吃一顿水饺呀。

第二天，他把两只白兔装进背篓就到集市上去了。他蹲在街口，两只手抓着小白兔的两只耳朵，向过往的行人喊：谁买兔子？喊了多少遍，过了多少时间，他记不清了。

到了中午时，一个穿制服的人在他面前停了下来。他问他为什么卖兔子，家里的大人为什么让他一个小孩子来卖。他一五一十地全说了，从父亲给他买小白兔，到他养小白兔，还有他的希望和憧憬。

他记得那人听后沉思了很久，尔后掏出5元钱，又从上衣口袋里拿出一支钢笔给他，说兔子不要卖了，还要养着将来上学用，这支钢笔送给你写字。尔后那人帮助把兔子装进背篓，让他赶快回家去。

5元钱对当时的他家来说是笔大钱，他们过了一个很富裕的年，买了肉，买了白面，还有鱼。

第二年春天，他的大白兔一次生了6只小白兔，兔的规模一下子到了8只，后来最多的时候到了30多只。他一年当中卖小白兔能有几十元的收益，足够他上学用的，还能贴补家用。

博士告诉我，他之所以能读大学，正是这些小白兔的功劳。几十年来，他一直都在寻找那位帮助过他的人，却一直没有找到。他说，他一生受过很多帮助，但只有那一次最令他刻骨铭心。

他说，也许那个好心人早就忘记了那样一件小事，他也许永远都不知他的那一次举手之劳，对于当时的那个孩子却是恩重如山。

我对林说，我们永远也不可能找到那个人了，但我们有更好的办法可以了却心愿，让我们在自己的生活中，经常做这样5元钱和一支钢笔的事情。

林已经远赴加州。我相信林早已把这个美好的故事讲给了他来自世界各地的学生，而我也一直为这个故事感动着。

爱笑的打工女孩

那是许多年以前的事情了。曾有一段日子，我和妻子的生活陷入了困境。那时，我的工资收入只有72元，而妻子没有工作。最不知深浅的要算妻子肚子里的宝宝了，他已茁壮地长到了8个月，在我们的日子最缺少色彩的时候，他强大的胎音使我们义无反顾地握紧了生活的画笔。

在朋友们的帮助下，我和妻子开了一个小书店。说我们的书店小，一点也不夸张，因为它只有5平方米，靠墙放了一个书架之后，余下的地方只允许我们再摆放一张小学生用的课桌。

我们请了一个帮工。她叫阿纯。阿纯在一所中专读书。我们开书店的时候，阿纯正好放假，她不想回家了，就主动提出要来给我们帮忙，并讲好，她只想借此机会多读一点书，工钱她是不要的。

我和妻子都不答应。但阿纯坚持己见。最后，妻子和她讲定，暂时不拿工钱也行，搬过来和我们一起吃住，多少可以节省一点。

阿纯想了想，点头答应了。说实话，我和妻子觉得，在这种时候，不但我们的小书店真的需要一个人帮忙，似乎连我们的生活也应该出现一个"帮工"了。阿纯的进驻，使我们的小家增添了许多笑声。

阿纯是一个爱笑的女孩，我和妻子都怀疑她的嗓子眼儿里是不是挂了铜铃！阿纯总和妻子说悄悄话，有时，她俩一边说，一边有意地提防着我。

听妻子说，阿纯和她的悄悄话大多是谈论女人的化妆、穿戴，并没有什么秘密。阿纯总对妻子说："商店里有一种百合花布，你做连衣裙一定好看。"

妻子看着自己一天大似一天的肚子，笑着摇摇头。

阿纯说："等生完宝宝再穿嘛！"

阿纯用很美丽的语言形容那些比她的语言美丽的百合花。

她说："不信你去看一看。"经不住阿纯的一再诱惑，妻子挺着大肚子去商店了。她看到那种百合花布后怦然心动。她在柜台前站立了许久，但她的手没有伸进口袋。她低下头，匆匆地离开商店，一语不发地回家了。

一个下午，妻子也不多说话。阿纯好像自己犯了什么错误似的，不知怎么安慰妻子才好。做一身连衣裙的布料的价钱，等同于我们一个月的生活费，妻子的选择再简单不过了。

妻子说："也许有更好的呢，等孩子生下来再说吧。"阿纯看看我，轻轻地转过头去。我们的小书店如期开业了，在一条小巷的入口处，妻子和阿纯守护着这一隅小店，像守护我们最后的精神家园。

可以说，小书店的生意是不错的，因为我们选的店址距两所学校和一个大工程局非常近，来租书看的人还真不少。收入最多的一天，小小的钱盒里装了17元钱。

我们的高兴劲儿可以想象。一个月的时间过去了，阿纯要回校上课了，妻子也要临产，小书店刚撑起门面，就面临停业了。经过盘点，这一个月，我们竟有182元钱的收入！

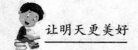

　　我和妻子坚持拿出91元钱给阿纯，算她的工钱。阿纯推辞再三，收下了。她小心地把钱装进一个信封，又把信封夹在书里，然后把书放到书包的最里层。我们的日子又相对平静了。

　　转眼20天过去了，妻子住进了妇产医院。有一天，我回家取东西，门卫室的大爷拦住了我，他交给我一个小包袱，说，是一个女孩送来的，让交给我妻子。

　　妻子打开小包袱，里面是那块百合花布和一个小手铃。阿纯在信里说："大姐，我要去秦皇岛基地实习了，这块百合花布是用我自己的'工钱'买来的，送给你，希望你收下。天空灰暗的时候，没有人会发现百合花美丽，但阳光一出来，满坡的百合花最美丽！祝你生一个健康的、又白又胖的宝宝！"

　　我发现妻子坐在那儿，眼泪一滴一滴地渗入叠得十分整齐的花布里。

我们都愿意爱他

走川藏路的时候，我曾路过丹巴境内一个不知名的村落，在连接那个村落的碎石公路旁，有一家叫"散客之家"的客栈，我在里度过了一个晚上。

客栈的老板就是村里人，远远地，他就微笑着迎上来，帮我卸下肩上的背包。那一脸藏民特有的憨实笑容，让他并不似一个做生意的人，让我感觉袭面而来的是久识至交的温暖气息。

坐下来后，我知道了他的名字，叫"尼玛次仁"，一个藏民中很普通的名字，人也如其名，平凡、谦逊、热情，和任何一个藏民没有两样。

安排好住宿之后，尼玛请我到大厅里烤火。烤火时，他家有个漂亮的小孩子不停地闹，像只小鸟一样一下扑到这个人的怀里，一下又扑到另一个人的怀里，每到一处便引得笑声一阵，扑来扑去，把笑声连成了圈。

在他又一次扑到我怀里的时候，我一把抱住了他，随口问他一声："你阿爸呢？"

他有些茫然地转头望着尼玛，尼玛对我说："这孩子的爸妈4年前就去世了，修公路时翻了车。这几年是我一直带着他。"

我有些惊讶，很直白地说："这么可怜的孩子啊，我还以为是你的孙子呢……"

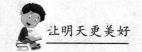

"不，他不是我的家人，也不是我的亲戚，是村里开大会交给我带的，现在就是一家人了。"

我疑惑起来，继续问："你们这里领养一个小孩子，还要开大会啊？"

尼玛笑着说："是啊，一个小孩子，这么小就没了父母，以后的生活问题就是很严肃的，而大家都很想领养他，所以大家得开会决定让他跟着谁。"

"他没有亲戚了吗？亲戚应该带他才是啊！"

"大家都很同情他、喜欢他，都想领养他，包括他的亲戚。但他的亲戚家中都很穷，家中子女也多，怕养不好他，而我这几年因为这个小客栈挣了点钱，所以大家就将他让给我了。"

"难道他愿意不跟亲戚而跟你吗？"

"有什么不愿意的呢？大家都一样这么爱他，大家都为着他好，跟谁不也一样亲吗？"

我猛然无语，因为这里的人情温暖已经让我有了一种身在梦幻的迷惑、惊诧与错愕。我终于明白这样一个可怜的孤儿，为什么还那么欢欣地投身于每一个人的怀抱，因为他从来没有感觉自己是孤独的，他仿佛并没有失去亲人，失去滋润他成长的爱。

而这一切的一切，都来自这古老而偏僻的小村落里弥散着的、那朴实的藏民心中充盈着的——爱，以及那种将爱当成一种义务的责任。这种爱与责任，在这湛蓝的天空之下，雪白的大地之上凝结成了一股神圣的精神——一种世界上最为博大最为纯洁的爱的精神。

神秘消失的小偷

约翰是一个小偷，可以说，他的专业技术到了可以用炉火纯青来形容的地步。在同行中，在同出一门的师兄弟中，他是唯一一个没被逮住过的人。

因此，在这一行中，声望相当高。他也口出狂言：天下没有他拿不到的东西，也没有他进不了的房子。

这天，他在镇上的酒馆里喝酒，正巧碰到了他的朋友比尔，一个不久前从监狱里放出来的师弟。先是拥抱了一阵，然后两人边促膝交谈边喝酒。

比尔告诉他，在这个小镇教堂对面那条街的街中间，有一户门牌号码为×××的人家，家中有几万美元的现金。比尔问约翰："我的朋友，你敢不敢去？"约翰轻蔑地笑了，回答道："为什么不？"

"可是他家里养了一条很凶很凶的狼狗！"比尔提醒道。

"这不是问题，我的朋友。"约翰很自信。

第二天晚上，约翰就带上了他的宝贝万能箱，朝街心走去。很奇怪，整条街都是漆黑的，只有街心有户人家亮了门灯，而且这家就是他所要找的那户人家。

他先是把安眠药涂在肉上，然后扔在了狗的面前，不一会儿，狗便倒下去了。接着他熟练地打开了内室的门。外屋里的人还没有

睡，但这并不影响他的工作，因为他知道一个出色的小偷，是不会在意工作时外界的环境如何恶劣的。

凭着他过硬的技术，他很快拿到了钱，确确实实是几万美金。他很奇怪，家中有这么多钱，可这户人家的防盗措施竟会如此的差。这就勾起了他的兴趣，他把耳朵"伸"到了外屋门边，想一探究竟。

"我说，老头子，咱们是不是该花钱请个保姆啊！咱们两人的眼睛都瞎了，总这样过下去，也不是个办法啊！"屋子里传出一个苍老女人的声音。

约翰的心一惊：既然是瞎子，又为何整夜亮着门灯？这更加勾起了他的兴趣。

"是啊！老婆子，应该这样，可是，咱们现在的日子也不好过了，哪来的钱请保姆呢？"一个老头子紧跟着回答。

"儿子空难后，航空公司不是赔了几万美金吗，为什么不用这些钱？"

约翰的心一沉，用牙齿咬了咬嘴唇，继续听下去。

"你疯啦！老婆子，你怎么忘了，我们不是说好用这些钱给镇子里的孤儿们盖一栋房子的吗？"

约翰的心一震。"是啊！你看我这记性，都给忘喽。老喽，不中用了。可是，咱们也得花钱交电费啊！门口的灯整夜亮着，很耗电啊！"

"没关系，只要别人在这条街上走路不摸黑就行了。你也知道，这条街上的路很难走的，又是夜里，万一行人跌了跤怎么办？还有咱们的'儿子'克拉尔，虽然它每天都要骨头来喂，但是只要咱们每天多糊两个小时的纸盒就行了，这日子还是能过的啊！有了克拉尔，行人就不用担心这条街有强盗了啊！"

"是啊！也只好这样，谁让咱们年轻那会儿只养了一个'儿子'呢！早知道，还不如当初多养一个呢！"老妇人抱怨道。

"别说了，咱们还有这么多纸盒要糊，快干活吧！"

当晚，约翰坐在门口流了一夜的泪。他也是个孤儿，是被人领养的，但他不服新爸爸对他的管教，一怒之下，偷跑出来，才干上这一行的。

第二天，老夫妇的门口留下了两样东西，一样是几万美金，另一样则是一个很小巧、很别致的万能箱。

从此，这个小镇上再也没有人看见过约翰。约翰就此神秘地消失了，没有人知道他去了哪里。

破鳝鱼片的姑娘

那是在几年前，我与表叔开了一家鱼店，生意挺火。大师傅炒得一手好鳝鱼，店里每日鳝鱼片的需求量很大，从采购到洗、切、煮一条龙，3名师傅忙不过来。

我在店门前贴了一个小广告，想招聘两名新员工。也许是给的福利待遇不错，前来应聘的人还真不少。

一天傍晚，我与表叔正准备打烊，进来一个小姑娘，年纪约十五六岁，进门打量了半天，不说一句话。一见她那样子，我心里就猜出了个八九分："是来应聘的吧，我这里需要的不是你这样的人手，对不起啊。"

小姑娘脸上闪过一丝失望的神色，但似乎有些不甘心："如果我在这里做小工，不要你们的工资呢？收不收下我？"

我仔细地打量她，生得眉清目秀，就是个头矮小、体质偏瘦，显然不是做工的料。

"你是来长见识的吗？"我知道现在有很多年轻人找不到工作，就采取零薪水的方式去长见识，但我这家小小的鱼店，能有多少见识可言？

于是我问："看你长得挺标致的，可以去站柜台啊，但做这种小工很累，你身体可能也吃不消。"

小姑娘摇摇头说："叔叔，我还在念书，不能站柜台的。再说，就是做小工，也只能每天晚上来做一个钟头。所以，我不能要你们的工资。"

我疑惑了："不要工资的勤工俭学，还要占用你的学习时间，事情不会这么简单吧？"

我这一问，她的眼圈红了，我马上说："小朋友，是不是家里遇上难处了？"

小姑娘说："难处是有，不过不会让您为难的。我只要……只要你们每天能到我妈那儿买鳝鱼就可以了……因为我妈……她是残疾人……"我明白了，原来是这样！

第二天一大早，在小姑娘的指引下，我找到了她的母亲。这是一位破鳝鱼片的大婶，"我妈以前的生意是这儿最好的，去年出了车祸，左手失去了3根指头，破鳝鱼片的速度变慢了，现在卖出去的鱼还不到以前的一半。"

小姑娘解释说，"除了卖鳝鱼，妈妈没有别的赚钱路子。卖不出鳝鱼，一家人就没有经济来源，我就得辍学……"

就在那一瞬间，我做出一个决定：今后店里所有的鳝鱼一律从这里进货。这样一来，店里还得增加破鳝鱼的成本。

虽然小姑娘每天主动来帮着破鳝鱼，但速度还是跟不上。高峰的时候，还得请"外援"。这时候，小姑娘就很着急，有两回还划伤了手指，但每次没等伤好，她就在店里忙来忙去。

日子一晃过了两年，小姑娘也为我破了两年鳝鱼。破鱼的速度由慢到快，到后来，基本上不用请"外援"了。两年后，小姑娘成了大学生，开学那天，我和表叔商定，将她两年来应得的工钱封了一个大礼包给她。

　　小姑娘先是一愣，说什么也不肯收下。后来，收是收了，但前提是作为预支的工资，每年的寒暑两假，她还会来店里帮着破鳝鱼。

　　有一件事，直到很久以后我才知道：其实小姑娘破鳝鱼的速度并不是很快，只不过在她划伤手指的那些日子里，鱼店里的几名员工，都学会了破鳝鱼，大家知道她的家境不好，都想帮她。

三号床的那个男人

婆婆住院了。从第一次踏进那间病房时起，我便有些讨厌3号床的那个男人。男人姓苏，30出头的样子，穿一件皱皱巴巴的短衫。男人是本市菜农，城市扩建后被征了地，用补偿款开了一家沙石料厂，阔绰的出手与邋遢的外表很容易让人联想到一个词：暴发户。

男人大大咧咧的，说话时声带上像是安了喇叭，从不掩饰自己的喜怒哀乐。给人印象最深的便是每天坐在桌边大快朵颐，真想不通他怎么就那么爱吃肉。

而且，每天中午只要一吃完饭，他便当仁不让地把挨着窗台的那个空床据为己有，人往上面一躺，两分钟不到便鼾声四起，给人的感觉这儿不是病房倒是他的家。

与3号床形成鲜明对比的，是1号床的那对母子，极少说话，总是安安静静的。女人患乳腺癌，刚刚手术。儿子上小学，男人靠种地和养些鸡鸭过活。

男人极少来探望，更多的时候是那个男孩守候着母亲。男孩很懂事，主动包揽了整个病房里的热水供应。

1号床的桌上基本没什么水果，偶尔有个苹果或一两块西瓜，母子俩也是推来让去的。有时男人会带些从街上买的卤肉来，女人总是先埋怨男人乱花钱，然后把大部分肉夹到孩子的碗里。

一日，男人来探视时竟带了一小袋炸蝉蛹来，黄灿灿、香脆脆的。男人给我和3号床各抓了一把，一屋子人嚼出了满嘴的香。

尤其是3号床的男人，像发现了新大陆般，一再恳求1号床的男人帮他再弄点儿，说他在饭店里吃过这东西，25块钱一盘，却没这个新鲜，只要能帮着弄些来，他愿意按一元一个买。

1号床的男人笑了笑，没说什么。几天后，1号床的男人果然又弄了些来，3号床如获至宝，非要给对方27块钱，1号床的男人不肯收。

3号床的男人硬是把钱塞给了男孩，并且说自己就喜欢吃这口儿，只要是新鲜的，有多少要多少。1号床的男人没在意，男孩却把这话放在了心上，一到傍晚便跑到医院后面的树林里去挖。

男孩很勤奋，最多时一晚上竟能挖到二三十个，3号床的男人总是照单全收。有了这项收入，1号床的餐桌渐渐丰盛起来，中午时男孩会为母亲买上一个肉菜，几个应季的水果，晚上再加上一袋鲜奶。

这样的日子持续了半个多月，一天，男孩悄悄地告诉我，3号床的男人吃蝉蛹上了瘾，现在有两个小朋友在帮着挖，他按每个2毛钱从小朋友手里收来，卖给男人。

我惊讶于男孩的聪明，也为他能找到这样一个赚钱的途径而高兴。婆婆出院时，我把亲友送的水果、罐头之类的东西留给1号床，女人不肯收，我谎称车小，再跑一趟还不够油钱，那女人才接受了。

从医院出来，刚走了几步，远远看到3号床的男人手里拎着一个塑料袋子，径直走进路旁的灌木丛中。及至走近，我才发现，他倒掉的竟是蝉蛹！男人抬头，见是我，尴尬地笑了笑："买得太多。"

"那你还买？"我疑惑地瞅着男人。"嘿嘿……"男人挠了挠头，露出一脸和他的年龄极不相称的腼腆，"看那一家怪不容易的。大忙咱也帮不上，添个菜钱还是有的。"

我恍然大悟，原来他一直在用这样的方式接济着1号床的病友。那一刻，我简直不敢相信，在这个男人粗糙容颜的背后，竟有一颗如此细腻而温软的心。

温暖一生的棉鞋

我中学时有个同学，家里很穷，缴学费是他心里最难受的时候。他是班上缴学费最晚的一个，且不足百元的学费大部分都是借来的。寒冷的冬季，班上30多个同学都穿着棉鞋，只有他一个人穿着单鞋。

由于家庭困难，他的一双单布鞋穿了整整3年，并且鞋尖破了洞，连大脚趾部露出来了。整个冬天他的手脚冻得发肿，像茄子一样。这让他一直很自卑，心里总是渴望有一双属于自己的棉鞋。

初三那年冬天缴学费时他家还是借钱缴的。有天中午当他在教室门外晒太阳，脱掉破了洞的单鞋，挠肿得发痒的脚趾头时被班主任发现了。

班主任悄悄把他叫到办公室，告诉他由于自己工作失误这次多收了他30元学费，并要把多收的钱退给他。老师拿起他破了洞的鞋在地上磕了磕说："再厚再好的鞋也有破的时候，再长的路也有被脚走完的时候。你家困难并不是你的过错，这反而是你勤奋学习的资本和动力。只要你好好学习，你家迟早会好起来的。"

后来，老师让他用这30元钱买一双棉鞋，不要有什么想法和顾虑。班主任老师再三叮嘱他，为了维护老师的面子请他不要告诉任何同学，一定替老师保守这个秘密，他郑重应诺。

为人老实敦厚的他回家后告诉母亲说老师退了30元学费，他母亲高兴地跑到邻居家问是否给他们的孩子也退了学费，邻居都说没有这回事。

邻居们认为班主任老师欺骗了他们，赶到学校添油加醋地质问校长并汇报这位班主任老师多收费，不公平，有的学生收得多，有的学生收得少。学校调查后发现他的班主任不但没有多收一分钱的学费，反而给一个同学补缴了部分学费。

最后他用老师退的钱买了一双棉鞋，穿上棉鞋后他脚上的冻疮也好了。老师并没有因为他违反了彼此的约定而责怪他一个字。

后来他考上了大学，毕业后到深圳的一家外资公司工作。

有一年春节他回家探亲，我和他聊起各自求学之路的艰辛。他语重心长地说："幼稚的我那时根本想不到老师退学费的真正用意，现在才终于明白了老师的良苦用心，他不是在给我退学费，而是在用他慈父般的心，小心地捍卫我的自尊，勉励我不向贫穷低头啊！尽管那双鞋我只穿了几年，尽管现在我穿着价格不菲的名牌皮鞋，但总感觉没有那双棉鞋温暖。"

最后他说："老师其实不是在给我买棉鞋，而是在给我指引一条不断向上进取的路啊，在我事业陷入困境的时候，我就会想起那个寒冬的中午，想起那双棉鞋，那双鞋必将温暖我一生。其实一双鞋可以改变一个人的命运。现在每逢节假日我都会给老师送去问候和礼物。老师对学费的事只字不提，他总是重复那句话——再厚再好的鞋也有破的时候，再长的路也有被脚走完的时候。"

听着他的讲述，我的眼眶不由得热了起来。

枕头和毛毯的故事

故事发生在很久以前。那是有一天晚上，一个有钱人家的小女孩，正准备上床睡觉。正当女孩在做睡前祷告的时候，她听到窗外传来一阵压抑的哭声。女孩有一点点害怕，于是走到窗边，探出身子察看。

她看到一个和自己差不多年龄的无家可归的女孩，正站在她家房子外面的小巷里哭泣。

她的心一下子抽紧了，因为这是寒冷的夜晚，而窗外的女孩衣衫单薄，她没有毛毯御寒，身上只披着几张别人扔掉的旧报纸。

有钱的女孩忽然灵机一动，想出了一个绝妙的主意。她叫住那个女孩：

"嗨，你到我家前门去，好吗？"

无家可归的女孩吓了一跳，慌乱之中只有胡乱点头。

以她能够跑出的最快速度，有钱人家的小女孩穿过走廊，从母亲的壁橱里取出一条老棉被和一只破旧的枕头。抱着被子和枕头，她走不了刚才那么快，因为那被子从手中垂下来拖在地上，她要格外小心才能不让它给绊倒。

她终于走到门口。放下两样东西，她打开门。那无家可归的女孩就站在门口，看上去很瑟缩的样子。有钱人家的女孩热情地朝她笑笑，将被子和枕头递给她。

当她看到对方接过东西，她的笑意更深了——无家可归的女孩显得很吃惊，但欢乐在瞬间燃亮了她的眸子。

有钱人家的女孩那天晚上睡得心满意足。第二天上午，门外响起了敲门声。有钱人家的女孩飞奔到门口，她希望敲门的人是昨晚的女孩。

她拉开大门往外望，果然是她。那个小女孩快乐地笑着说："我猜你会把两样东西都收回去吧？"有钱人家的女孩正要说她可以把它们留下，这时一个念头在脑子里冒出来："对，我要收回去。"

无家可归的女孩的脸突然变得苍白，这不是她希望得到的回答。她有些不情愿地放下手中破旧的被子和枕头，然后转身离开，这时有钱人家的女孩朝她大喊："等等！先别走！"

她一转身，看到有钱人家的女孩跑上楼梯，跑进了一条长长的过道，但这个可怜的女孩认定，不管这个有钱人家的女孩做什么，她都不值得自己等。

于是她重又转身离开。就在她迈出第一步的瞬间，她感觉到有人拍她的肩膀，回头一看，是那个有钱的小女孩，将一条新毛毯和一只新枕头塞进她怀里。

"拿着。"她平静地说。那是她自己睡觉的枕头，面子是丝绸，里子是羽绒。等到两个女孩长大后，她们并不常见面，但她们在彼此的心中从未分开。

一天，那个有钱的女孩，现在是有钱的妇人了，接到一个电话。电话是一个律师打来的，说有要事告知。她来到律师办公室，律师将整个事情告诉了她——

40年前，当她还是一个9岁的小女孩时，她帮助过另一个需要帮助的小女孩。后者长大后进入中产阶级的行列，结了婚，有了两个孩子。前不久她去世了，在她的遗嘱中，她将一些东西留给了她童年的朋友。

"不过，"律师说，"那是我见过的最奇特的东西。她留给你一只枕头和一条毛毯。"

冬天里的两个秘密

83岁的弗兰茨是弗洛里安医生的病人中年纪最大的。弗兰茨是个孤苦的老人，他所有的亲戚和朋友都已去世。在他的妻子玛丽去世后，他卖掉房子，搬进远离城市的一所养老院。刚过完83岁的生日，他就住进了医院。

住院的时间过得很快，到10月底时，弗兰茨的死期已经临近。他十分虚弱，路也走不动了，卧床不起，要靠人喂饭、洗脸，夜间做噩梦，大声地说胡话。同房的其他病人叫苦不迭。

弗洛里安医生只好将弗兰茨转到医院的单人小病房。弗兰茨住在顶楼的房间，他的窗户朝着一条寂静的横街。他开始默默等待死神的降临。

圣诞节到了，新年到了，而死神一直没有来。弗兰茨躺在顶楼房间里，久病不起。本就贫穷的他渐渐用完了积蓄，医院要把弗兰茨送回养老院，不再为他治疗，但弗洛里安医生却坚持把弗兰茨留在医院。

为了能够继续给这位老人用好药，弗洛里安医生尽了全力，弗洛里安医生是有意识这样做的。因为他碰到一个解不开的谜：尽管这个老人看上去好像只剩下最后一口气了，但他还有强烈的活下去的愿望。

按理说，弗兰茨应该早就死了，但是他还是一直躺在病床上！

无疑，使他活下来的不是药物，而是一种神秘的力量。到底在这位老人心中蕴藏着怎样的秘密，才能产生这样的奇迹呢？

有一天下午4点钟发药时，弗洛里安医生推开弗兰茨的门，却发现他正在朝窗外张望。看到弗洛里安医生进来，他立即把脑袋缩了回去。弗洛里安医生说："您应该静静地躺着休息，为什么老是往窗外张望？"

弗兰茨先生想了一会儿，摇了摇干瘪的脑袋，他对弗洛里安医生说："请您走到柜子后面去，要不就不灵了。"

于是弗洛里安医生就走到柜子后面去。弗兰茨先生坐起来，关掉床头柜上的灯。这时小房间里一片昏暗。接着他又开了灯，又关掉，又开灯。

突然在他们对面横街的一间亮着灯的顶楼窗户里出现一个姑娘。这是个可爱的小姑娘，大眼睛，黑头发，她笑着并朝这儿招手示意。

弗兰茨也向她招手示意。小姑娘在对面鼓掌，然后把各式各样的东西摆在窗台上，她自己站在窗台后面。窗台上摆的尽是玩具，有乔木、灌木，有一个教堂，还有许多布洋娃娃，只要用手插到洋娃娃的四肢下面，它的形态就像活的一样。

小姑娘在她的窗口表演了一场真正的木偶戏！表演完毕，小姑娘鞠了一个躬。

弗兰茨笑了！医生也是第一次看见他笑！弗洛里安医生情不自禁地往前走了两步，这时在小姑娘半明半暗的房间里出现了一个妇人。

当她意外地发现弗兰茨和医生时，她惊呆了，赶紧拉上窗帘。

这时什么也看不到了，弗兰茨躺了下去，急促地呼吸着。

"对不起，是我妨碍了演出！"弗洛里安医生沮丧地说。过了好一阵，弗兰茨终于开口了："我认识这个小姑娘有五个星期了。纯粹是偶然的机会，一天，我想转身到另一侧，当我抬起头时，看到了她。她就把那些洋娃娃指给我看，并开始表演起来。从那时开始，她每天给我表演节目，而且每场节目总是新的。我是病危的人，但是我的视力还好，我什么都能看得清楚，特别是对面也有灯光的时候。我几乎无法等到下午4点钟，这个时间我们用信号约好。"

接下来的整个冬天，弗洛里安医生每天给弗兰茨先生检查身体，每天都关切地问同一个问题："您一定又往窗外看了吧？"

老人对此总是轻松地回答："是的！"

雪融化了。弗兰茨已经能够坐在桌旁吃饭，能够自己洗澡了。3月份他可以自己走路了，对弗兰茨治疗上出现的奇迹，其他医生和护士都不理解。这是怎么回事？这怎么可能？

4月初，天一直还很冷，凉风习习。一天，弗兰茨惊慌失措地对弗洛里安医生说："医生，昨天小姑娘不见了！她可能出了什么事……"

接下来的整整一周都不见小姑娘的踪影。可怜的弗兰茨完全失去了常态，他甚至有点儿旧病复发但是弗洛里安医生对此完全不当一回事。第八天他说："请您穿好衣服，有人邀请我们。"

老人问："有人邀请？在什么地方？"

医生说："那个为你表演的小姑娘的父母亲邀请我们去吃午饭。您动作快一点儿，要不我们就迟到了。"

弗兰茨穿衣服还从来没有这么快过！弗洛里安医生想搀他过马路，但他走得比医生还快。老人跟跟跄跄地径直上了对面那幢房子的顶层。

医生似乎很熟悉这里，他在门牌上写着"维德曼"的门上按了电铃。一位女士开了门，在她后面站着一位先生。当他们看到弗兰茨时，脸上马上泛起了笑容。

女士说："非常欢迎，亲爱的弗兰茨先生。"她就是老人曾经在小姑娘的房间里常常看到的那个女人，那次当弗洛里安医生在柜子后面走出来时，她赶紧走到窗口把窗帘拉上。

"不久前，弗洛里安医生拜访过我们，谈起了您的情况。"小姑娘的父亲解释说。他久久地握住老人的手。弗兰茨突然明白了大夫的良苦用心，他感激地看着弗洛里安医生，急切地问，小姑娘在哪里？这是他最关心的问题。

小姑娘的父亲领着弗兰茨走到里面，在一道门前站住。"我的女儿玛利亚就在这里面。"他对弗兰茨先生说。

弗兰茨双手颤抖着推开门，这是一间装饰得很漂亮的儿童房间，这个房间他已很熟悉。玛利亚，他的小朋友，大眼睛，黑头发，她正躺在靠窗的小床上，被子滑落下来。弗兰茨先生看到玛利亚的右腿从脚趾到膝盖都绑着石膏绷带。

"太好了，你终于来了！"玛利亚兴奋地喊道。

维德曼太太费劲地说："我的女儿六个月前患了严重的骨髓炎。她必须卧床，老是卧床。我们请了最好的医生，用了最好的药物，但是毫无用处。我们非常担心玛利亚会终身残废。您想，弗兰茨，她还是个孩子！"

　　维德曼太太拭了一下眼泪，接着说道："突然玛利亚的病情好多了，起先我们还不知道是怎么回事，后来我才知道，她每天为您演出……我们每周都要带玛利亚去医院做透视检查，上一周的检查出现了奇迹。检查表明现在她只剩局部发炎了，医生说很快就能康复了。"

　　玛利亚向弗兰茨伸出一只手，他握住她的小手。他们两个坐在床上。她虽然还有点消瘦、苍白、虚弱，但是已经从病魔手中解脱出来。

　　"您和玛利亚都有一个秘密，一个使另外一个得到健康，我们将永远感谢您！"小姑娘的父亲嗓音沙哑地说。

　　"这只不过是一个小小的秘密。"老人喃喃地说。

　　弗洛里安医生笑着摇摇头，意味深长地说："不，是有两个秘密，一个小秘密和一个大得谁也无法探究的秘密。"

神秘光临的流星雨

从医学院毕业后，苏珊来到法国北部的一个城市，在一家大医院做了一名外科医生。

那是有一天，医院的一间病房住进来一个8岁的小女孩，名叫凯茜，苏珊负责为她治疗，她的先天性心脏病已经很严重，出现了好几次休克的症状。

她需要心脏移植手术，可是，要找到适合她这个年龄的备用心脏非常困难。时间不多了，如果一直找不到合适的心脏，凯茜就会失去生命。

凯茜喜欢和苏珊待在一起，她常常跟在苏珊后面去探望别的病友。她是那样活泼和美丽，她常常叫苏珊给她讲一些古希腊的神话传说，还有那些古老的圣经故事。

可是有时候，她又很忧郁，每当凯茜脸上出现那种与她的年龄不相称的神情时，苏珊就感到很心疼。

有一次，苏珊给凯茜讲了一个关于流星的传说："每一颗流星都是一个天使的翅膀，如果它从夜空里划过，便意味着一个天使正在天空飞翔。人们如果在看见流星的那一刻许愿，天使就能听到，并帮他们实现愿望。"

凯茜听得入了迷，大眼睛一眨也不眨地盯着苏珊，轻声地问道："流星真的会给看见它的人带来好运吗？"苏珊点点头。

凯茜带着无限向往的神情说："如果我也能看见流星多好啊。"接着，小女孩怀着希望进入了梦乡。苏珊凝视着她那白瓷般的面庞，想到这朵可爱的生命之花就要凋谢了，心里不禁有种刺痛的感觉。

　　这时，凯茜的嘴角似乎绽开了一个微笑，仿佛真的有流星从她的梦境中划过。突然，苏珊有了一个大胆的念头，她决定满足这个女孩小小的心愿。

　　第二天黄昏的时候，苏珊匆匆驾车离开了医院，径直来到一家烟花店，买了三枚烟花，然后将它们包了起来。回到医院后，苏珊请好友儿科医生雪莉帮忙，在那天午夜12点到住院部顶楼把三枚烟花点燃。雪莉非常奇怪地问苏珊原因，她说事情办完以后再告诉她。她满腹狐疑地答应了。

　　接着，苏珊来到凯茜的病房，给凯茜接着讲关于流星的故事。苏珊微笑着说："凯茜，你知道吧，你的运气很好，因为今晚午夜时分狮子座将会有流星出现，你有机会看到天使展开流星翅膀飞翔了。"凯茜听了欣喜不已，竟欢呼起来。

　　晚上，苏珊和凯茜的母亲在病房里陪她等待流星的出现。凯茜的精神显得格外好，毫无睡意地趴在房间朝北的那扇窗前，目不转睛地凝视着夜空。

　　12点整，第一颗"流星"终于划破寂静的夜空，凯茜兴奋地尖叫了一声，然后闭上眼睛许愿。接下来，或明或暗，或大或小的"流星"在北边的天空飞舞闪烁，将那一方天空映染得绚丽多姿。

　　凯茜说："多么美丽的流星啊，它们一定会帮我实现心愿。"她的脸上洋溢着梦幻般的神采，自从她住进这间病房以来，苏珊从

未见她像今晚这样充满生气，她心中已经种下了希望的种子。

第二天，苏珊去找雪莉，谢谢她帮自己实现了一个心愿。她很好奇地问为什么要她午夜时放烟花。苏珊给她讲了自己的一件往事：

多年以前，当苏珊也是一个小女孩的时候，不幸患了重病，她感到自己的天空一下子变得暗淡无光。和她住在一个病房的还有一位60岁的老人，也患了和苏珊同样的病，她叫珍妮，她就像苏珊的大朋友一样，愿意倾听她说心里话。

可是，苏珊居然从未看到珍妮唉声叹气，相反，她脸上总是带着明媚的微笑，还常常鼓励苏珊要坚强。然而，作为一个10岁的孩子，苏珊无法理解为什么上帝惩罚自己整日与惨白的四堵墙相对，却再也不能像从前一样在学校的草地上奔跑、去小池塘边抓蝌蚪了。

然而有一天，珍妮给苏珊讲了流星和天使的故事，苏珊是那么的高兴。原来，苏珊还有希望回到学校，还可以再在草地上奔跑，再去抓蝌蚪呢！只要流星出现，只要苏珊能看见天使的翅膀。

于是接下来的日子里，苏珊每天祈祷流星出现，每晚都要在窗边看一会儿夜空。有时候，珍妮还会陪苏珊一起等待。

有一个晚上，苏珊的诚心仿佛真的感动了上帝：流星雨出现了！当那些美丽灿烂的小精灵闪亮地划过夜空时，苏珊默默地在心里许了一个愿，请天使让她和珍妮都能战胜疾病，让她吃到珍妮烤的比萨饼。

因为珍妮去做化疗手术了，临走前还对苏珊预测那晚将会有流星，所以苏珊替她许了愿。从此，希望又回到了苏珊心中，直到手术后痊愈。可是流星天使却并没有留住珍妮的生命，而是把她带到了天国。失去了这个可亲的朋友，苏珊非常悲伤。

举行葬礼的那天，苏珊和父母也去和珍妮告别。在她的墓碑前，母亲告诉了苏珊一个秘密：那晚苏珊看到的根本不是流星雨，而是珍妮在楼顶燃放的烟花。

她知道自己将不久于人世，就用这种特殊的方式帮苏珊完成心愿。顿时，苏珊泪流满面。原来，珍妮才是真正的流星天使，因为她用无私的爱心帮一个女孩重新树立了生活的信心。

听完苏珊的回忆，雪莉激动地说："多好的老人啊，不仅给了你生活的希望，还将她的爱心也一并送给了你，让你成为一个善良的医生。"

两周后，奇迹出现了，合适的备用心脏终于有了，凯茜的心脏移植手术做得非常成功。出院的那天，小女孩在明媚的阳光下和苏珊道别，她大声对苏珊说："苏珊医生，谢谢你给我讲了流星天使的故事！你知道吗，我在流星出现时祈求天使让我的病早点儿好，现在天使帮我实现了心愿。"

她的母亲脸上浮现出若有所思的微笑，她悄声对苏珊说："医生，谢谢你的'流星'，谢谢你救了我的孩子。"原来，她什么都明白了。

多年过去了，退休后，苏珊和丈夫在乡村过着恬淡的田园生活。晚上，苏珊常在丈夫的陪伴下坐在紫藤架旁，静静地享受乡村夜晚的宁静。每当流星划过时，苏珊总能清晰地看到它们闪烁着神秘的光芒，便再次想起珍妮给她讲过的流星天使的故事。

有一天黄昏时，邮差带来一个大信封，里面有一张照片和一封

让明天更美好

信，信上写着：

　　多年来我一直记着你讲的那个流星天使的故事，是你让我对天文产生了浓厚的兴趣。前不久，我考上了大学，选择了读天文学。可是，我在考证天文史时发现自己生病的那一年狮子座根本没有爆发流星雨，因为那一年并不是它的爆发周期。后来，母亲告诉了我这一切。谢谢你，是你让一个重病的孩子拥有了希望和梦想。现在，我把自己拍到的流星照片送给你，因为在我心目中，你才是真正的流星天使。凯茜永远爱你。

替人坐牢的朋友

那是在公元前4世纪，在意大利，有一个名叫皮斯阿斯的年轻人触犯了国王，被判死刑。

皮斯阿斯是个孝子，在临死之前，他希望能与远在百里之外的母亲见最后一面，以表达他对母亲的歉意，因为他不能为母亲养老送终了。

他的这一要求被告知了国王，国王感其诚孝，决定让皮斯阿斯回家与母亲相见，但条件是皮斯阿斯必须找到一个人来替他坐牢。这是一个看似简单其实却是近乎不可能实现的条件。

有谁肯冒着被杀头的危险替别人坐牢？这岂不是自寻死路？但茫茫人海，就有人不怕死，而且真的愿意替别人坐牢，他就是皮斯阿斯的朋友达蒙。

达蒙住进牢房以后，皮斯阿斯回家与母亲诀别。人们静静地看着事态的发展。日子如水，皮斯阿斯一去不回头。眼看刑期在即，皮斯阿斯也没有回来的迹象。一时间人们议论纷纷，都说达蒙上了皮斯阿斯的当。

行刑日是个雨天，当达蒙被押赴刑场之时，围观的人都在笑他的愚蠢，幸灾乐祸的大有人在。但刑车上的达蒙，不但面无惧色，反而有一种慷慨赴死的豪情。

追魂炮被点燃了，绞索也已经挂在了达蒙的脖子上。胆小的人

吓得紧闭了双眼，他们在内心深处为达蒙深深地惋惜，并痛恨那个出卖朋友的小人皮斯阿斯。

但是，就在这千钧一发之际，在淋漓的风雨中，皮斯阿斯飞奔而来，他高喊着："我回来了！我回来了！"

这真是人世间最最感人的一幕！大多数的人都以为自己在梦中，但事实不容怀疑。这个消息宛如长了翅膀，很快便传到了国王的耳中。

国王听闻此言，也以为这是痴人说梦。国王亲自赶到刑场，他要亲眼看一看自己优秀的子民。最终，国王万分喜悦地为皮斯阿斯松了绑，并赦免了他的死罪。

沙漠中的两个旅人

　　缺水而被困在沙漠里的两个旅人，一个旅人要抓住最后一线希望去找水，便将自己的水袋交给同伴说，你一定要耐心等待。

　　临行前他拔出一支手枪，对同伴说："里面有五颗子弹，你每隔一小时就向天空打一枪，这样我就不会迷失方向，找到水便能循着枪声返回你身边了。"

　　同伴等啊等，等枪里还剩下最后一颗子弹时，他还没有回来。一种深深的恐惧和绝望吞噬着他的精神和灵魂，他将最后一颗子弹打进了自己的胸膛。

　　其实，与此同时，他的同伴刚刚向一位赶骆驼的老人讨到了水，当他寻着枪响的方向找到原处时，看到了同伴的尸体。就差一步，他没有等到。

　　有一篇报道说：有一对下岗夫妻，他们几经商海的沉浮与磨难后还是陷入了"绝境"，最后，一个已成交的客户也迟迟不能兑付他们货款，在各种沉重的压力聚拢之时，他们绝望了，打开煤气抱着3岁的女儿自杀了。

　　几天后，一个人找到夫妻家，当他敲了很久的门，也没有听见屋里的动静时，他立即感觉情况不对，便报了警。

　　谁也没有想到的是，发现了这个悲剧的这个人就是他们最后的那个客户。

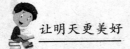

原来，这个客户刚刚把拖欠的一笔不小的款额汇入他们的账号，想要通知一声时，电话无论如何也联系不上，才亲自登门。

这笔款足够让那对夫妻东山再起……可是就差一步，他们没有等到。

人生最怕的就是遇到困难和挫折时失去等待的信心，乐观的心态对整个生命的成长至关重要。

钓鱼的老人和小伙

黄昏的阴影轻悄地飘散在罗浮江上，万籁俱寂。在上游垂钓的青年，全神贯注于引鳟鱼上钩，竟没有注意到这片刻的宁静。

江边上有一个渔翁，他已经来日无多，他不肯等闲虚度了良辰美景。他静寂地坐在那里，没有把钓竿放在心上，在他的眼神里却有一种温和、荧荧的光芒。目前他心里怡然自得，与世无争。

钓丝上的浮子跳了一下，他竟视若无睹，直等鱼儿钻到水底溜走，牵动了钓竿，老渔翁这才伸手下去把钓丝拉回来。

钓钩上鲜灵活跳的是一尾棕斑鳟鱼。正要把它生擒活捉，他的手踌躇了一下。

老渔翁若有所思，少顷，呵呵一笑。"这早晚可不是杀生的时候，什么生灵都不应该死的。"老头儿不愿意再在鱼钩上下饵了。他没有时间了。太阳快下山了。

这时一个青年从下游涉水而来，攀登上岸。"足足4个钟头，连一条鱼都没有，"他说，"白费了半天工夫。"

"本来是嘛，小老弟，"老渔翁小声说，"钓鱼要是只为得鱼，钓不着当然是白费工夫。听我的话。沉住气慢慢儿钓，要有闲工夫向四周围瞧瞧。你周围都是造物的手工。不管他做的活是什么，总是值得一看的。"

老渔翁收了一串子母钩儿，上边有四尾鲜活的鳟鱼。"瞧。小

老弟，"他说，"要是你要的是鱼，你拿去吧！我到这儿来，可不是为了这几尾鱼。"

小伙子脸上露出诧异的神情。他耸耸肩，向那几尾鱼笑了一下就走了。可是他忽然停了一下，摘了一朵野花。

尽管生活有时候很沉重，我们还是应该以欣赏的心态面对周围的景致，拥有一颗随时欣赏的心。因为，人生苦短。

蜘蛛结网的启示

那是在19世纪初，一支英国大军被拿破仑所率领的军队击得节节败退，这支军队的将领们落荒而逃。

其中一个将领在慌乱中躲进了一家农舍的草堆里暂避风雨。回想起刚刚的溃败，他感到万分沮丧，既痛苦，又懊丧。在茫然无措中，他忽然发现墙脚处有一只蜘蛛在风中拼力地结网。

蛛丝一次又一次地被风吹断，但蜘蛛还是锲而不舍地一次又一次拉丝重结，毫不气馁。将军对眼前发生的一切惊呆了，他根本没有想到小小蜘蛛竟然有如此坚忍不拔的意志。在历经无数次的失败后，蜘蛛终于在风雨中把网结成了。

将军被这个小精灵的精神深深地震撼了，深受鼓励。他想，一时的失败并不代表什么，我不能因一时的溃败而丧失信心。下定决心后，他突然觉得眼前一片光明。

后来，他重整旗鼓，厉兵秣马，终于在滑铁卢之战中打败了对手拿破仑。这位将军，就是历史上赫赫有名的威灵顿将军。

每个人在他的一生中都会遇到这样那样的困难。

伟大的音乐家贝多芬，17岁丧母，32岁失聪。然而，接二连三的打击并没有击倒他。而且，他的主要作品竟大都创作于失聪之后。人的一生难免遇到各种挫折和磨难，只有坚忍不拔的人，才能战胜各种磨难，取得人生的辉煌。

生命也需要租金

某人生命结束之后，灵魂来到了上帝那里。他一眼就看到，上帝的手里拿着一摞薄纸。

"亲爱的上帝，"他说，"您拿的是什么？"

"租金账单。"上帝说，一边抽出一张递给他，"这是你的。"

"什么租金？"某人惊讶极了。

"生命租金。"上帝说，"每个人的生命都是我租给的，等生命结束了，就该结算租金了。"

某人接过自己的账单。账单共分两部分。

首先是租金部分，这里显示着应当支付的款项，具体内容为：租用者姓名某某某。

基本租金若干/年（此项包括租用者所拥有过的亲情、爱情、友情、快乐、健康、青春，以及社会和自然赐予的所有幸福感受）。

正常损耗金若干/年（此项是指吃饭、睡觉、应酬等生存必须环节，所以费用极低廉）。

非正常损耗金若干/年（此项是指吸烟、酗酒、编排谣言、嫉恨他人、常生闲气等主动选择环节，费用相对较高）。

恶性损耗金若干/年（此项是指发动战争、破坏和平、伤害社会、侵犯他人、制造恐怖等违背人类文明的强烈罪行，费用最高）。

另一部分是奖金，奖金可以用来抵消部分租金。具体内容为：尽责奖若干／年（此项指对自己应尽的责任和义务的实现程度）。

宽容奖若干／年（此项指对有愧自己的人的理解和原谅程度）

善良奖若干／年（此项指对一切苦难和不幸的慈悲和同情程度）。

敬业奖若干／年（此项指对所从事的工作或事业的尽职和投入程度）。

完善奖若干／年（此项指对自身弱点的认识程度和对缺点的矫正程度）。

珍爱奖若干／年（此项指对所享受到的各种各样美好情感与美好事物的珍惜和感恩程度）……

"可是我已经死了，还怎么去缴纳这笔租金呢？"某人笑道，心想上帝此举有什么用。

"我扣掉了你两年的生命，用来折换租金。"上帝平静地说。

某人沉默片刻。"我可以看一下其他人的账单吗？"他说。

上帝把账单递过来。他发现，除了那些因病早夭的婴孩属于租金与奖金相抵消的结果接近为零之外，其他所有人的收支都不能获得绝对的平衡。其余的大致属于两种情况：一种是实用租期远远低于预定租期，另一种则是实用租期远远高于预定租期。高与低的时距，甚至都可以达到四五十年。

"活得再久又怎么样？最终不是还得死。难道还有长生不老的人吗？"某人想。虽然不乏悔意，他心里却也还是有些不以为然。

"还有一些人是不需要来我这里拿账单的，"上帝仿佛看穿了他的心思，说，"他们不必付租金。"

"为什么？"某人瞪大了眼睛。

"因为他们能够让精神的意义超越平凡的肉体。"上帝说，"租期长短对他们来说都是不重要的，他们凭着自己杰出的思想品质和心灵智慧，在一代代人心中已经拥有了永久的居留权。"

人的生命是有限的，应该最大限度地延长自己的生命，让有限的人生更有价值，使自己每一天都有心灵与智慧的增长，每一天都对身边的人奉献真诚。

蹭吃饺子的懒汉

村子里有个人叫张三。这个人没有一技之长，平时好吃懒做。只要谁家做点好吃的，他就上门蹭吃蹭喝。开始时，大家看在乡里乡亲的份儿上，也不和他计较。时间长了，便都开始躲着他。

一天，张三睡到日上三竿才起床，肚子饿得咕咕直叫。正琢磨着怎么弄点吃的哄哄肚子，忽然听到隔壁人家喊女儿去厨房包饺子。心里想：这顿饭有着落了！

于是，他装模作样打扮一番，出门去拍邻居大门："高邻，开门，大事不好了！"邻居听到他的声音便猜到他的来意，本来懒得搭理他，怎奈他惊慌大喊出事了，也忍不住心中疑惑，就给他开了门。门刚开一条缝，他就像泥鳅一样挤了进来，低着头，朝两家相邻的墙根走去，边东张西望边念叨："怪了，哪儿去了？"

邻居不晓得发生了什么事，连问怎么回事。他也不答话，只管找得紧。邻居越发奇怪，心里暗道："莫不是真出事了？！"

连忙拉住他问："张三，到底咋回事？"

张三这才回头，带着万分遗憾的口气："奇怪呀，刚才我在家里明明看到一条一尺多长的大蚰蜒爬到你家了，怎么过来就不见了？"

邻居听了这话，才知道他还想来蹭饭吃的！忙接过话头："想是又爬过前头去你家了，快回去看看！"

就想着赶快赶他走。哪知他双眼一眯，朝空中嗅了嗅，满脸堆笑地说："哈哈，你家中午吃饺子啊！今儿你可别让我啊，你就是让我我也不吃啊！"他话虽这么说，脚却不挪一步，钉在地上像生了根一样。

邻居看他话说这份上了，也不好意思不让，便说："客气啥，都是老邻居了，今儿包饺子本来就想着熟了去喊你过来吃一碗。"

"那我就不客气了啊！"张三接住话头，没有半分客气抬腿就往屋里走。邻居只好硬着头皮和张三一起回屋里。

厨房里邻居的女人本来就烦这个游手好闲的张三，今天又涎皮赖脸的来混吃！真恨不得一顿乱捶，赶他出去。但是，眼见着饺子都要滚烂锅里了，倒不如让张三吃了饺子，早点走了事。只好招呼当家的捞饺子吃。

张三一把夺过碗："这碗我来吃吧！"话没落地，他张开大嘴狼吞虎咽起来。

邻居又气又急，也没办法，只好由他去吧。谁知，第二碗刚出锅，张三伸过碗笑着说："我自己来我自己来，哪能麻烦给我再端过去！"

拉住邻居的手，摁着把碗里的饺子倒扣到自己的碗里，边往嘴里扒拉边裂开嘴笑着说："嫂子包的饺子就是好吃！"。

邻居寒着脸懒得理他。第三碗出锅，邻居没好气地说："还吃不吃，没吃饱再吃一碗！只要别撑着！"

哪知他忙伸过碗："没事没事，还能再吃几个！"他吃完饺子，心满意足抹抹嘴，示意要走。

哪知，他不小心被门槛绊了一跤，身子往前一栽，"咯儿"的一声，一个饺子快活地从他嘴里跳出来，落在地上。张三看着有点心疼，邻居也在门口冷冷地看着这一幕。

张三咧嘴想笑，又怕一张嘴再出来个。只好硬着头皮用脚把地上的饺子踢到一边走，哪知用力大了，地上的饺子踢开了，皮也破了，饺子馅儿四散开来。张三一看，自言自语道："今儿晌午还是肉馅儿饺子呀！"

征服国王的牧羊人

古时候，有一个腰缠万贯的商人，他住在一幢像宫殿一般的豪华的宅院里，还拥有许多仆人，穿的是华丽的衣服。当他骑着马到街上去时，前前后后簇拥着许多护卫他的士兵。这件事传到国王的耳朵，就下令把这个有钱的商人带到他那里去。商人由五十个士兵陪伴着来到了皇宫。

"这是怎么回事？"商人说。

国王说："你有那么多仆人，你的房子比我的还要好！"

"陛下，"商人回答，"所有我花的钱都是自己的呀！"

"这我知道，但你不能比我生活得好。"国王说，"你犯了罪，你必须为此付出自己的生命。"

"陛下，"商人不禁流出了眼泪，"仅仅为了这点我就活不成了吗？"

"除非你能回答我向你提的三个问题，否则你就得死。"国王说，"这三个问题是：地球的中心在哪里？绕着世界走一圈要多少时间？我这会儿在想什么？"

不幸的商人害怕极了，因为他知道自己回答不出这些问题。

"陛下，您是否能给我一些时间考虑考虑再来回答这些问题呢？"

"给你一个月的时间。"国王说，"多一天也不行。"

商人走遍全国到处寻找能回答这些问题的人，但是大家都笑话他。最后，在经过一间茅屋的时候，他遇见了一个牧羊人。

"你有什么事吗？"牧人问道。

"倒霉透了。"商人回答，接着就向他叙述了那件事情。

"别垂头丧气啦。"牧人说，"你带我到皇宫去，那你就不会被砍头了。你把丝绒的披风给我，再叫你的士兵陪伴着我。"

牧人披着商人的披风来到了国王面前。

"我是来回答您的问题的。"牧人说。

国王笑了起来。

"好吧！"国王说，"地球的中心在哪里？"

"这里。"牧人用手指了指他站的地方说，"如果你不相信，可以把地球量一量，那您就会信服了。"

"回答得好。"国王说，"现在你回答第二个问题：绕世界走一圈要多长时间？"

"这很容易，"牧人回答，"如果陛下和太阳一起起床，然后再跟着它一直走到第二天早上，那你仅仅只要一天时间就可绕世界一圈啦！"

国王放声笑了起来："我不曾料到你会这么快就把问题回答出来了。现在，我问你第三个问题：我这会儿在想什么？"

"陛下您正在想我是一个富有的商人。而实际上我却是一个牧人。"说着，他把丝绒的披风脱了下来。

国王大笑了起来："你比商人机灵多了。"国王说，"这样吧，我封你作一个大官，希望你为百姓办好事；而商人呢，我也不追究了，放他一条生路去吧！"

穷人打官司的方法

那是有一天，一个穷人骑着马去旅行。走到中午，他感到又渴又饿，就把马拴在一棵树上，坐下来吃午饭了。这时，一个有钱人也来到这个地方，并把自己的马拴在同一棵树。

"请不要把你的马拴在这棵树上。"穷人说，"我的马还没有驯服，小心踢死你的马！"

这个有钱人却回答说："我愿意把我的马拴在哪里就拴在哪里！"就这样，他把他的马拴牢后，也坐下来吃午饭去了。

然而，不一会儿，他们就听到了可怕的嘶叫声，并看到两匹马踢咬起来。两个人同时向马奔去，但已经晚了，有钱人的马已被踢死了。

"看到你的马做的好事了吧！"有钱人气愤地高声喊道，"你必须赔我一匹马！"说着，他拉着穷人就去见法官。

法官问穷人："你的马真踢死他的马了吗？"穷人什么也没回答。接着，法官又对穷人提出了许多问题，穷人还是一字不答，最后法官为难地说："这有什么办法呢？他是个哑巴不会说话！"

"哦，"有钱人惊奇地喊道，"他可以像你我一样讲话呀！我刚见到他时他还说话呢！"

"真的吗？"法官问道，"他说什么啦？"

"当然是真的！"有钱人回答说，"他告诉我，不要把马拴在他拴马的那一棵树上。他的马还没有驯服，如果拴在一起，他的马会踢死我的马的。"

"哎呀！"法官说，"这样说来是你无理了，因为他事先曾警告过你。因此，现在他是不应该赔偿你的马的。"

这时，法官又转向穷人，问他为什么不答他的所有问话。

穷人说道："因为我知道，你宁愿相信有钱人的万语千言，也不愿相信穷人的只言片语。同时，我想让他告诉你事情的所有过程。"最后，有钱人白白死了一匹马，没有得到一文赔偿金，灰溜溜地离开了法官。

花钱买来的忠告

　　那是在从前，有一个善良的年轻人远离家乡，去外面独自谋生。他有三个坏习惯。一是做事情毫无目的；二是喜欢打听别人的私事；三是控制不住自己的脾气。

　　他从家里出来，没走多远，就从大路拐向一条小路。路上遇见了一位老人，就把自己的事情讲给他听。老人没有回答，他就发起脾气来。

　　终于，老人开口说话了："我是一个出售忠告的人。"他说。

　　"什么忠告？"年轻人问。

　　"要我说出来，你就得花一比索。"老人回答。

　　年轻人身上只有三比索，但是他抑制不住好奇心，就给了老人一比索。

　　"首先，"老人对他说，"不要离开大路而走小路。"

　　"这就是你说的忠告？"年轻人发怒了，"你是一个骗子。"

　　"你不高兴？"老人说，"那么再给我一比索，好好地听着。"年轻人没有办法，就又给了他一比索，等着听他的忠告。

　　"第二，"老人又说道，"跟你无关的事情，不要打听。"

　　"混蛋，"年轻人叫喊起来，"为了这一比索我要把你杀了。""安静下来，孩子，"老人说，"我身边还带着一个你需要的忠告呢。这个忠告你买不买？"

　　年轻人抑制不住自己的好奇，就把最后的一比索给了老人，又一次等着听这个忠告。

　　"遇事千万不要发脾气。"老人哈哈大笑着说。不等年轻人醒悟过来，老人就钻进丛林，不见踪影了。

　　这个年轻人十分生气，只好继续往前走。

　　他又回到了大路上一看见有一个陌生人骑着一匹黑马飞奔而过。

　　"你到哪里去，年轻人？"那个陌生人勒住了马，问他。

　　"到城里去。"年轻人回答。

　　"那么，我可以给你指路。"陌生人说，"你瞧，你再向前走一里地的样子，就会看见一条小路。你可以跟着我这匹马的蹄印走，这样抄近路，可以省很多力气。"

　　"谢谢你！"年轻人说。他继续往前走，想去走那条近路。可是他一边走路，心里一边想着事情，于是就没有注意那条小路的岔口。

　　走着走着，他看见前面有座房子。有一个人正坐在门口的大树下，这是个强盗。

　　"过来，年轻人，"他招呼道，"你来得正是时候，正好要吃午饭了。"

　　年轻人被让进屋子，在餐桌前的椅子上坐了下来。这时候一个仆人端来一个盘子，放在他的面前，盘子里是一颗人头。他吓得面无血色，刚要发问，突然记起了花钱买来的三个忠告。"我最好是什么也不问。"他心想。

　　"年轻人，"强盗说，"你看到这颗人头后，有什么感想？"

"这颗人头不错。"年轻人故作镇定地回答。

"你也不问问他是谁？从哪儿来的？"强盗又问。

"不，先生，没有什么好问的。"

"你要不要看看我的珍珠？"强盗又问。

"你要给人看，那是你的心愿，"年轻人回答，"我要不要看，是我的心愿。"

于是强盗就打开了一个立柜，让年轻人看了许多十分吓人的骷髅。

"你喜欢这些人吗？"强盗问。

"他们都是好人。"年轻人回答。

"年轻人，"强盗说，"所有的客人都要被我杀死。这些人都像你这样，进了我的门，跟我一起吃午饭。我也给他们送上一颗人头，但是他们不像你，他们想知道一切，不断地问这问那。他们的好奇心就带来了目前这样的下场。可是你却并不提问。因此，我要派我的仆人把你安全地送走。我的牲畜棚里有三头毛驴一匹马。毛驴驮上金子，马备上鞍，都是我送给你的。"

年轻人跨上马，三头毛驴驮着六袋金子。那个仆人就把他送回到了大路上。

"这三比索花得不冤枉，"年轻人心想，"它让我走大路，让我对与我无关的事不提问题。如今我成了富翁了。"

"站住！"路旁有人大声喊。

又是一个强盗，横眉怒目，气势汹汹，站在路中间。

"口袋里装的是什么？"强盗问。

年轻人刚要发脾气，忽然记起了第三个忠告。

"那里面装的是秘密，我不能告诉你。"他脸色平静地回答。

"快说，不然我要你的命。"强盗威胁说。

"如果你觉得那样做最好，"年轻人回答，"那就凭你的良心去做吧！"

"哈哈！"强盗说，"你是个聪明的小伙子。再见吧，祝你一路顺风！"

后来，年轻人来到一个繁华的小镇，娶了一位漂亮的姑娘，开了一家饭店，过上甜蜜的生活。

被捉弄的富亲家

那是在古时候，有两个亲家，一个非常富有，一个非常贫穷。富的就怕穷的沾他的光。"老太婆，"有一天穷的那个对妻子说，"我们又要挨饿了，我得去求我们有钱的亲家帮帮忙了。"

到了富亲家的家里，穷亲家遭到了白眼。他要求亲家给他点儿吃的，可是对方对他很冷淡，而且尤其令人气愤的是，富亲家十分没有礼貌，竟然恣意嘲笑这个穷人。对他的举止、衣服都看不起，尤其是他头上戴的帽子，也成了讥笑的对象。

"你需要帮助，亲家，"他说，"去把你这顶帽子卖了吧。这是一件古董，肯定值大价钱。那上面有那么多的窟窿，真要让人费一番工夫才能猜到这是不是一顶帽子呢。"

三年过去了，穷亲家的日子有了好转，可他时刻不忘他那位有钱的亲家对他的侮辱，他想报复。

"老太婆，"他对妻子说，"如今我们有了一点儿钱，我要设法跟咱们那位富亲家比一比吧。"

于是他先去买了一顶蓝带子的灰色帽子，然后又到钟表店去买一块便宜的怀表。

"伙计，"他对钟表店老板说，"我需要你帮帮我的忙。我的亲家是个有钱的人，他侮辱了我，只要你帮忙，我就能够报复他。请你把这块表的标价换成很高的价钱，然后我把它留在你这里，回头我再来取。我再来时，你假装不认识我。我就提出要买这块怀表。买了表，我就对着我这顶灰色帽子说：向这顶帽子要钱。你就回答，知道了，你把表拿走吧。"

这位穷亲家从钟表店出来，就走进了一家珠宝店，买下一串假珍珠，又跟珠宝店的掌柜安排了同样的计策。"等到我买下这串珍珠，说道：向这顶帽子要钱。你就回答：知道了，把珍珠拿走吧。"

这位穷亲家从珠宝店出来，又进了一家服装店，买下一套衣服，然后又走进一家饭店，预定了两份饭菜。这两处地方，他也同样安排好，等他回来时，只要指指他的帽子说：向这帽子要钱，就不用付钱了。

等到这个计策全部安排妥当了，穷亲家就去拜访他的富亲家。因为他穿了一身新衣服，就受到了热情的招待。

"亲家，"富亲家说，"你今天戴的这顶新帽子真漂亮！它值多少钱？"

"值不了多少钱，"穷亲家回答，"可是有好几次它已经证明，它真是无价之宝。亲家，我要戴着它到城里去买东西。如果你方便的话，就跟我一起去。等到东西买齐了，我就请你去吃饭。"

"那太好了，"富亲家说，他本来就喜欢占便宜，"我很高兴接受你的邀请。"

他们首先来到钟表店。

"我要买一块高级怀表。"穷亲家说。

"高级怀表价钱可贵。"钟表店老板说。

"不要管价钱，只要质量好。"穷亲家说，"我要这块标价30

块的。"

这块表被递到了穷亲家的手里。

"向这顶帽子要钱吧。"他说着，就指指自己戴的那顶灰色帽子。

"账清了，你把表拿好吧。"钟表店老板说。

富亲家觉得非常奇怪，但是他没有说话。

两人立刻又走进了珠宝店。这里有一串假珍珠，标价1000块，穷亲家就买下了它，对珠宝店掌柜的说：

"向这顶帽子要钱吧。"

"账清了，请你拿走吧。"珠宝店掌柜说。

他们接着又走进了一家服装店，买下了一套新衣服，只凭着举手指了指帽子，说了声"向这顶帽子要钱吧"，就离开了服装店。最后，两亲家走进饭店吃了饭，一切也都像买怀表、买珍珠、买衣服一样，只是指了指那顶灰色帽子，说了声"向这顶帽子要钱吧。""这顶帽子真是奇妙！"富亲家说，"把它卖给我吧。"

"不行，亲家，"穷亲家回答，"没有这顶蓝带子的灰帽子，我可没法生活。"

"我给你3000元。"富亲家说。

穷亲家犹豫了一会儿，就答应了这笔交易。

富亲家马上拿过帽子就往自己家里跑。"老太婆，"他对妻子说，"好日子来了。走吧，你想要什么我们就买什么。"

"怎么这样大方了？"他妻子问，"你给我买那条你去年答应过的钻石项链吧。"

"行，老太婆。"富亲家得意地说，"要什么有什么。"

于是富亲家带着妻子到了城里最大的珠宝店，买了一条钻石项链。富亲家没有付钱，却指指灰色帽子，说："向这顶帽子要钱吧！"

"你这是什么意思？"掌柜的问。

"傻瓜，这意思是说，我用不着付钱。"

掌柜的当然不答应，就把这个富亲家送进了官府。

富亲家怎么也弄不明白，他亲眼看见穷亲家指指帽子，就不用付钱了，可到他手里，却不灵验了。

一个聪明的农夫

那是在从前，有个农夫，一天早晨，他骑着牛去耕地。他走过森林时，看到一只大熊同一只小兔子正在打架。

"啊哟！我可从来没见过这种事！"

农夫说完，哈哈大笑起来。"喂，你这个没有头脑的人！"

熊向农夫喊道，"你再敢嘲笑我，我要吃掉你和你的牛。"

农夫不敢笑了，他又是劝，又是求，要熊不要吃掉他。熊怎么也不答应。

农夫又请求熊在傍晚之前不要吃掉他，让他耕好一块田，否则他的全家整个冬天就要断粮了。

"好吧，"熊说，"就照你说的，傍晚前不吃你，但是到时候请别见怪，我一定要吃掉你。"熊说完，去干自己的事了。

农夫闷闷不乐地耕地，绞尽脑汁也想不出对付熊的办法。中午，一只狐狸跑到田里。

狐狸看到农夫在发愁，就问他发生了什么事，是否需要帮助？农夫讲述了与熊发生的纠纷。

狐狸说"你不要难过，你和牛都不会死，甚至还可以得到一张熊皮作为外快！假如我帮你摆脱灾难，你给我多少报酬？"

农夫不知该付多少报酬，他真想把一切全给狐狸，但是农夫穷得一无所有，狐狸又要得很多。

最终，他们达成一致：10只公鸡和10只母鸡。

农夫虽然答应了，但是他不知道怎么办，不知道到哪里去准备这些东西。

这时狐狸说："农夫你现在听好，晚上熊来时，我藏在灌木丛里装成猎人的样子吹牛角，熊一定会害怕，请你将它藏起来，你把熊装进口袋里，吩咐它不得动弹。这时候，我会走出来，问你：'你袋子里装的是什么？'你要回答'烧坏的树桩。'你再拿起斧头朝熊猛砍，熊就一命呜呼了。"

农夫听了这么好的主意，心中大喜。事情很顺利：熊果然中了圈套，农夫和牛都得救了。

"怎么样，我的主意不错吧？"狐狸问，"谁还能比我想出更好的主意？你要永远记住：不要力取，要智取，现在你去准备好报酬，明天我来拿你欠我的东西：10只公鸡和10只母鸡。注意，鸡要肥的，你在家等我，否则你要吃苦头的！"农夫把熊装到大车上拉回了家。

他吃完晚饭，安安心心地睡了一觉，欠狐狸报酬的事，他连想也没去想。因为农夫已向狐狸学会了：要智取，不能力取。

第二天早晨，农夫刚睁开双眼，狐狸已经来了。狐狸使劲地敲门，说是要索取10只公鸡和10只母鸡。

"马上给你，马上给你！我的亲家！"

农夫高声说："你等一等，我刚刚穿衣服。"农夫很快穿好衣服，但他不去开门，站在房间当中学狗叫，"农夫，农夫！"

狐狸在外面叫道："什么在叫？是狗吗？"

"亲家，是狗啊！"农夫说，"多厉害的狗！在床底下，不知

道是怎么进来的！大概是闻到了你的气味。亲家，狗要出来抓你，但我马上要捉住它了！"

"你行行好吧！"狐狸喊道："捉住狗让我逃走。鸡就留在你家里，你可要捉住狗啊！"

当农夫打开门时，狐狸已经逃到山上，钻到山谷里了。农夫一看，哈哈大声嘲笑狐狸。